SCIENCES NATURELLES ET IMPERTINENTES

Après des études de lettres classiques et l'IDHEC, Jean-Louis Fournier a réalisé une dizaine de films d'art pour la plupart primés dans les festivals cinématographiques internationaux (Klimt, Schiele, le Bauhaus). En 1977, il écrit des dessins animés : *Pachyderm Story*, *Antivol*, *L'oiseau qui a le vertige* puis *La Vache Noiraude*. Il poursuit sa carrière en réalisant plusieurs téléfilms, des documentaires et des émissions humoristiques (*Merci Bernard*, *Humour libre* qui retrace la carrière de Guy Bedos, *La Minute nécessaire de Monsieur Cyclopède* avec Pierre Desproges), *Grammaire française et impertinente*, *Arithmétique appliquées et impertinentes*, *Sciences naturelles et impertinentes* et *Je vais t'apprendre la politesse, p'tit con...*, adaptés de ses livres sur « La Cinquième », avec Catherine Jacob, Jean-François Balmer, Claude Piéplu et Catherine Frot. Jean-Louis Fournier est également l'auteur du *Pense-bêtes de saint François d'Assise*, de la *Peinture à l'huile et au vinaigre*, du *Pain des Français*, du *Curriculum vitae de Dieu*, de *Il a jamais tué personne, mon papa*, de *J'irai pas en enfer* et de *Mouchons nos morveux*.

Paru dans Le Livre de Poche :

ARITHMÉTIQUE APPLIQUÉE ET IMPERTINENTE
GRAMMAIRE FRANÇAISE ET IMPERTINENTE
IL A JAMAIS TUÉ PERSONNE, MON PAPA
JE VAIS T'APPRENDRE LA POLITESSE
J'IRAI PAS EN ENFER
PEINTURE À L'HUILE ET AU VINAIGRE
LE PENSE-BÊTES DE SAINT FRANÇOIS D'ASSISE
ROULEZ JEUNESSE

Conception graphique : Michèle Defait

Jean-Louis Fournier

Sciences naturelles et impertinentes

dessins de Judith Marie

PAYOT

LA ZOOLOGIE
ou plus simplement l'étude des animaux

Les vertébrés mammifères vivipares

Les vertébrés ovipares

Les invertébrés

L'HOMME

la plus noble conquête du cheval

LA BOTANIQUE

ou plus simplement l'étude des plantes

Je garde un souvenir ému de deux cadeaux que j'ai reçus quand j'avais six ans.
C'était un marron dans une boîte d'allumettes et un petit chat.
Le petit chat a grandi, il est devenu tigre royal, et nous faisons la sieste ensemble à l'ombre du marronnier, qui est maintenant un arbre de dix mètres de haut.
Ce livre est écrit pour tous ceux qui n'ont jamais eu comme cadeaux que des jeux vidéo.

Jean-Louis Fournier

LA ZOOLOGIE

ou plus simplement l'étude des animaux

Il existe sur terre des milliers d'espèces*
animales qui sont menacées de disparition.
Alors commençons par les animaux
et dépêchons-nous de les étudier
avant qu'ils ne se tirent tous et disparaissent
définitivement de la surface de la terre.

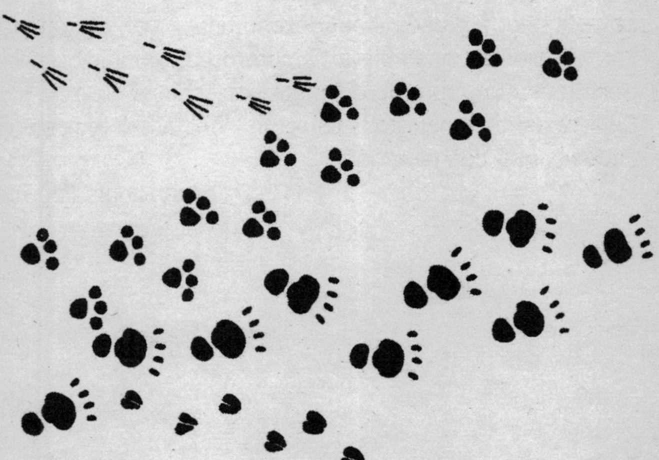

** L'« espèce de con » n'étant pas menacée, on peut s'attendre au pire...*

Les vertébrés mammifères vivipares

Le **vertébré** a un **squelette**.
Comme Mammie, le **mammifère** a des **mamelles**.
Chez le **vivipare**, le petit sort de la mère **tout fini**.

LA BRAVE VACHE

Brave, ça veut pas dire un peu bête ?

LA BRAVE VACHE

La vache compte parmi les animaux domestiques les plus utiles à l'homme. En plus, elle est sympathique, elle a un regard très doux et du poil dans les oreilles.
La vache est un **mammifère** : elle nourrit ses petits avec du **lait de vache.**
La vache donne une **quarantaine de litres de lait par jour**.
Le lait permet de faire de délicieux desserts, des crèmes, du flan, des yaourts, des petits-suisses et, bien sûr, du **beurre** et du **fromage**. (Le fromage de chèvre, c'est pas elle !)
Sa **peau de vache** permet de faire votre **cartable**, sa **chair** votre **« bifstèque »**, ses **veaux** votre **blanquette**, et tout ça simplement en échange d'**herbe**.
Alors, merci la vache !
Comme l'homme, la vache a un corps avec une tête, un tronc et des membres.

La tête de la vache

Elle a un front large, avec **deux cornes** recourbées en avant.
Comme la pomme de terre, elle a des yeux, noirs.
Les oreilles sont grandes, situées sur les côtés de la tête : elles empêchent la vache de mettre un Walkman. Le mufle est humide et porte deux grands naseaux.
Il existe plusieurs races de vaches : **la Bretonne, la Landaise, la Normande, la Limousine et la Berline...**

Le tronc de la vache

Sous le tronc, le **pis à lait**. Au bout du tronc, une **queue pour chasser les mouches.**

Les membres de la vache

Puissants, ils se terminent pas les **sabots**, qui sont de gros ongles qui protègent les doigts.
Il y a deux doigts par sabot. On dit que la vache est un **ongulé* à nombre pair de doigts.**
Le son de la vache : MEUH ! (meuglement).
Quelques prénoms de vache : Marguerite, Blanchette, la Noiraude, Pâquerette, Roussette...

La vache est une ruminante

L'animal qui rumine est un animal timide. La vache a toujours peur de se faire engueuler par le paysan quand elle broute son herbe ; alors elle se remplit à la hâte d'herbe qu'elle ne prend pas le temps de mâcher, se sauve comme une voleuse, puis va se mettre dans un coin tranquille pour déguster son larcin.
À l'abri des regards indiscrets, la vache fait remonter à sa bouche les herbes accumulées dans sa **panse**, tout en les imprégnant de sa salive.
L'herbe passe alors dans le **feuillet**, puis dans la **caillette**, qui est le véritable estomac.
L'estomac du ruminant comprend quatre poches : la panse, le bonnet, le feuillet et la caillette.

La fabrication du veau

C'est à la vache que revient la tâche de faire les veaux, avec évidemment au départ **la collaboration d'un taureau consentant.**
Durant l'accouplement, le taureau monte joyeusement sur la vache et introduit son **pénis**** dans le **vagin***** de la

** Attention ! Ongulé, pas enculé.*
*** Pénis : nom savant du zizi.*
**** Vagin : nom savant de la zézette.*

vache ; ses **spermatozoïdes** remontent dans la vache, où ils fécondent les **ovules**, qui deviendront des veaux.

La vache est vivipare, le veau sort de la vache au bout de 275 jours. **Timide, le veau sort toujours par-derrière.**

La vache a la bonne idée de se coucher, parce que, si elle restait debout, le veau pourrait se faire mal en tombant du haut de la vache, et il garderait un mauvais souvenir de son arrivée sur la terre, ou peut-être même qu'il ne voudrait pas sortir du tout.

Si c'est un veau, je l'appellerai Steve.

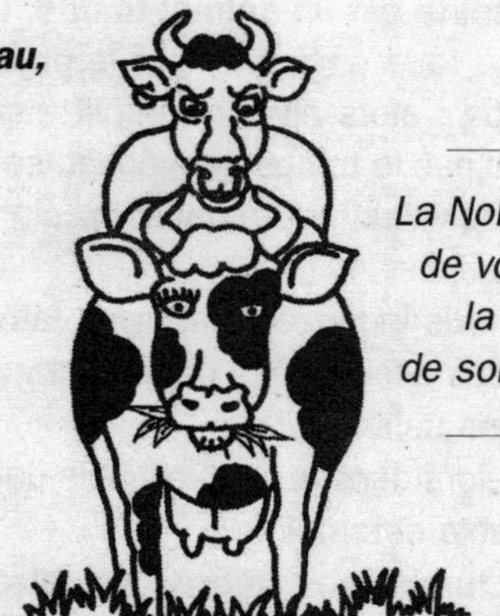

La Noiraude a la joie de vous annoncer la naissance de son veau, Steve.

Exercice

Pourquoi le nom du père n'apparaît-il jamais sur le faire-part de naissance des veaux ?

Parce que le taureau n'a pas l'esprit de famille, qu'il s'en fout et qu'il a des veaux un peu partout.

Animaux genre vache (ruminants)

• *Les bovins*

Buffle : animal de compagnie de Buffalo Bill.

Bison : bœuf culturiste et un peu hippie.

Zébu : quoique bon coureur, il arrive toujours après le zèbre sur les listes alphabétiques.

• *Les ovins*

Mouton : sorte de mouflon avec un **T** à la place de **FL**.

Mouflon : sorte de mouton avec **FL** à la place du **T** et des cornes en spirale.

• *Les caprins*

La chèvre : elle a une barbichette au menton, comme Pasteur*. La chèvre s'est spécialisée dans le fromage de chèvre.

Autres ruminants

La girafe : elle a un cou très long ; quand elle boit de l'alcool, elle n'est saoule que le lendemain.

Le daim : fils surdoué de la suédine.

Le chevreuil : sa tête sert de décor dans le living du chasseur.

Le renne : à ne pas confondre avec la préfecture de l'Ille-et-Vilaine, qui prend un **R** majuscule et un **S**.

Le chameau : ruminant bossu.

Le lama : il crache de l'eau dans la gueule du capitaine Haddock.

Exercices

Dans la liste des races de vaches s'est glissée une erreur, laquelle ?

Est-ce qu'une vache qui ferme les yeux pendant la traite donne du lait concentré ? Si oui, pourquoi ?

* *Louis Pasteur : savant français (1822-1895), l'inventeur de la rage.*

COURS DE RÉCRÉATION

La reproduction des bœufs

Les bœufs ne se reproduisent pas, c'est sans doute ce qui leur donne ce vague à l'âme et cet air triste quand ils pensent à leur retraite.

Un jour, un bœuf vit, à travers son œil de bœuf, un taureau qui était monté sur une vache et manifestait de façon frénétique un véritable enthousiasme.

Le bœuf en conclut que de là-haut où il était le taureau devait voir des choses bien extraordinaires, et il voulut lui aussi monter sur une vache, pour voir.

Il escalada la vache et regarda : il ne vit rien, la prairie s'étendait à perte de vue, morne, et la vache continuait à brouter.

Le bœuf descendit de la vache tout songeur et déçu : il faut croire que le taureau avait plus d'imagination que lui ; il s'éloigna tristement et entra la tête la première dans un hachoir à viande.

Exercices

Quelles sont les « choses extraordinaires » que le taureau peut voir quand il est monté sur la vache ?

Pourquoi le bœuf ne voit-il rien ?

LE CHEVAL TRISTE

Je rumine des idées noires.

TRISTE

LE CHEVAL

Regardez ce cheval : quoiqu'il ne soit pas un ruminant comme le bœuf, il a l'air de ruminer des idées noires. **Il lui manque quelque chose.** Quoi ?

Il lui manque un jockey sur le dos. **Un cheval sans jockey, ça fait vide**, ça fait pas fini. Avec sa casaque multicolore, le jockey égaie la robe du cheval.

Le cheval est-il con ?

Non, **c'est le jockey qui est con.**

Cela dit, le cheval qui est capable de supporter toute sa vie un con sur le dos ne doit pas être très intelligent.

Droit de réponse du cheval

On ne me donne pas le choix, c'est jockey ou boucher...

Comme l'homme, le cheval a un corps avec une tête, un tronc et des membres.

Le corps du cheval est harmonieux et musclé, il est couvert de poils courts et luisants qu'on appelle une **« robe »**. Le cheval n'a qu'une seule robe, à la différence de la femme du propriétaire de chevaux, qui en a plusieurs.

La tête du cheval

La tête du cheval est longue, elle est solidement reliée au corps par un cou puissant qui porte sur le dessus une crinière, appelée **crinière** parce qu'elle est formée de **crins**.

La tête est surmontée de deux oreilles toujours droites.

Les yeux sont doux et intelligents.

Les **naseaux** sont toujours ouverts, et l'hiver ils laissent échapper de la fumée blanche : comme les cheminées, **ils assurent le tirage du cheval**.

Le tronc du cheval

Le **poitrail** est large, la **croupe** est arrondie, la **queue** est formée de crins, dont on fait une natte le dimanche pour aller à la messe.

Les membres du cheval

Le cheval a quatre pattes qui permettent au tronc du cheval de se déplacer.
Un cheval-tronc serait réduit à l'immobilité et à la mendicité.
Les pattes du cheval sont longues, fines et musclées ; on appelle **antérieures** les pattes avant, **postérieures** les pattes arrière.

Pourquoi le cheval a-t-il quatre pattes ?
Si le cheval n'avait que deux pattes, il se casserait la gueule. En avant, s'il lui manquait les pattes avant. En arrière, s'il lui manquait les pattes arrière.
Les pattes du cheval se terminent par **un doigt unique** protégé par un gros ongle : **le sabot.**
Le cheval est un **ongulé à nombre impair de doigts**.

TRISTE

LE CHEVAL

Le cheval met-il ses pieds dans le même sabot ?
Non, le cheval a quatre pieds et un seul sabot par pied, comme la Bretonne (qui n'a que deux pieds).

Un cheval doit-il retirer ses sabots avant d'entrer dans le salon ?
Oui, car il peut rayer le parquet avec ses fers.

Droit de réponse du cheval
Sauf si je mets des patins.

Le son du cheval : HI ! HI ! HI ! (hennissement).

Quelques prénoms de cheval : Bijou, Polka, Marius, Étoile filante, Ouragan...

Le régime alimentaire du cheval

Le cheval est **herbivore**, il aime aussi les graines, surtout l'avoine, mais le paysan ne lui en donne pas trop, parce qu'un cheval qui a mangé trop d'avoine pète, et « **le gai laboureur est incommodé par les pets incessants de son percheron** ».

La fabrication du cheval

L'étalon monte sur la jument. Onze mois plus tard, un poulain sort de la jument.
Il est appelé **étalon** parce qu'il suit toujours les juments et qu'elles l'ont toujours sur **les talons**.

Quelques animaux genre cheval (ongulés)

L'âne : beaucoup moins con qu'on ne le dit, toujours premier sur les listes alphabétiques.
Le bardot : son père est un cheval qui a trompé sa jument avec une ânesse.
Le mulet : sa mère est une jument qui, pour se venger, a trompé son cheval avec un âne.
Le rhinocéros : ne pas confondre avec l'otorhino, sorte de médecin avec une ampoule sur la tête mais pas de corne.
Le zèbre : cheval excentrique habillé par Buren*.

Exercices

Videz un cheval, sortez l'intestin grêle et le gros intestin, mesurez leurs longueurs respectives, puis replacez-les à l'intérieur de la bête.
Le hongre est le bœuf de l'écurie. Justifiez cette affirmation.

** Daniel Buren : architecte contemporain spécialisé dans les rayures. Il a aménagé la cour du Palais-Royal à Paris.*

TRISTE

LE CHEVAL

COURS DE RÉCRÉATION

La reproduction des rhinocéros

Les rhinocéros se reproduisent sur de grandes plaines sans végétation et par temps sec.
Un terrain lourd provoquerait des dérapages et des chutes très préjudiciables au bon déroulement de la reproduction.
Dans un premier temps, le mâle positionne la femelle l'arrière-train vers lui, puis il s'éloigne à reculons de trois kilomètres pour prendre son élan.
Le compte à rebours commence, comme pour l'envoi d'une fusée sur la lune (la lune, c'est la femelle).
À zéro, le rhinocéros se met à courir de plus en plus vite en soulevant beaucoup de poussière : il peut atteindre les 100 km/h.
Si, emporté par son élan, le rhinocéros dépasse la femelle, celle-ci soulève alors une paupière lourde sur un œil morne et se contente de dire : « Loupé ! »
Le rhinocéros mâle a droit à trois essais. Au-delà, si aucun essai n'a été « transformé », la femelle, lassée, s'éloigne d'un pas pesant.
Si, en revanche, l'essai est réussi, le rhinocéros mâle dépose sa petite graine dans le ventre de la femelle et crie tout fier :
« Allez ! un polichinelle dans le tiroir ! » et il referme le tiroir pour que le polichinelle n'attrape pas froid.

Exercice

Attention ! L'auteur a glissé volontairement dans ce texte des erreurs. Trouvez-les.

LE CHIMPANZÉ RUSÉ

Et avec ma queue, je fais le métronome.

LE CHIMPANZÉ RUSÉ

Et avec ma queue, je fais le métronome.

LE CHIMPANZÉ RUSÉ

Le chimpanzé vit dans les forêts d'Afrique équatoriale. Nous n'en avons pas dans nos régions, mais à la télévision on en voit beaucoup.
Le chimpanzé mesure 1 mètre 50 de haut, il est poilu, il fait un peu peur la première fois, mais on s'habitue vite à lui parce qu'il est très joueur.

Le chimpanzé, comme l'homme, est constitué d'une tête, d'un tronc et de membres.

La tête du chimpanzé

Le crâne est petit, on peut dire que **le chimpanzé n'a pas la grosse tête**.
Son front est plat et fuyant.
Ses arcades sourcilières sont proéminentes, son nez est plat, comme écrasé.
Il n'a pas de menton, mais il a de grandes oreilles velues.

Le tronc du chimpanzé

Il est tout couvert de poils.

Les membres du chimpanzé

Le chimpanzé a le bras long, plus que l'homme, qui prétend souvent avoir le bras long.
Le chimpanzé a en plus de longs doigts : le jour où il se mettra au piano, nos pianistes n'auront qu'à bien se tenir, parce qu'il va faire un malheur.
D'autant qu'il pourra jouer tout seul la sonate en *fa* majeur

K 521 pour quatre mains de Mozart, parce qu'**il a quatre mains** (on dit qu'il est **quadrumane**). L'homme pourra l'applaudir à **deux mains**, parce que l'homme est **bimane.**

Le son du singe au fond des bois : HO ! HO ! HO ! (cri).

Quelques prénoms de singe : Jocko, Raymond, Albert...

Les mœurs du chimpanzé

Le chimpanzé a un esprit de famille très développé, il est très doué pour l'imitation.

Il est donc facile à dresser, il est **malin comme un singe**, il vous paie en **monnaie de singe**, mais il est moins intelligent que l'homme.

LE CHIMPANZÉ RUSÉ

Droit de réponse du chimpanzé
C'est l'homme qui le dit, c'est peut-être pas à prendre pour argent comptant.

Cela dit, le chimpanzé est incapable de construire une automobile. C'est pour cela qu'il circule à pied ou dans les branches d'arbre.

Le chimpanzé pousse des cris pour manifester ses sentiments, comme les rockers, mais il est incapable de parler comme l'homme.

La reproduction du chimpanzé

Le chimpanzé se reproduit comme l'homme, **avec plaisir, et avec une guenon**.
Le chimpanzé est un mammifère vivipare.
Vivipare parce que la maman donne naissance à un petit tout fini ; **mammifère** parce qu'elle le nourrit au **lait de singe**.

Quelques noms de famille de singe

Orang-outang
Gorille
Bonobo
Gibbon
Babouin
Singe-araignée
Ouistiti.

LE PORC ET LE SANGLIER

T'aurais pu te raser pour la photo.

Le sanglier est couvert de poils, tandis que **le porc, tout rose, ressemble à un sanglier rasé de frais.** (Entre eux, pour plaisanter, les sangliers, un peu machos, appellent le porc « rosette », il n'empêche qu'ils sont **copains comme cochons**.)
Le sanglier et le porc sont des **mammifères ongulés** du **sous-ordre des porcins**.

Le sanglier et le porc ont, comme l'homme, une tête, un tronc et des membres.

La tête du porc et du sanglier

Le porc et le sanglier ont une **tête de cochon** qu'on appelle « hure ».
La **hure** est un cône qui se termine par le **groin**, percé de deux narines, que le charcutier appelle « museau vinaigrette ».

Le tronc du porc et du sanglier

Le sanglier et le porc ont des troncs sensiblement pareils, mais celui du sanglier est plus mince que celui du porc. Le porc a tendance à l'embonpoint. Évidemment, il ne fait pas d'exercice et il mange trop.

Leurs queues sont différentes : **la queue du sanglier est pendante, la queue du porc est en tire-bouchon** (elle ne peut pas servir à déboucher une bouteille parce qu'elle est molle et élastique).

Les membres du porc et du sanglier

Les pattes sont longues et fines. La main et le pied sont relevés et possèdent **quatre doigts**, chaque doigt est protégé par un sabot : le porc et le sanglier sont des **ongulés à quatre doigts**.

Le pied de cochon est délicieux en vinaigrette ou grillé.

Le porc et le sanglier sont capables de courir très vite : le sanglier quand il est poursuivi par les chasseurs ; le porc quand il est poursuivi par le charcutier, qui est aussi un bon coureur.

Le son du porc et du sanglier : RRRRR ! (grognement).

Quelques prénoms de cochon : Hubert, Claude, Maurice, Jambon...

La reproduction du porc et du sanglier

Le porc et le sanglier se reproduisent en faisant des **cochonneries** avec la femelle.

Madame Porc s'appelle **Truie**, madame Sanglier s'appelle **Laie** (avec un E, pas avec un D).

La truie et la laie peuvent avoir de douze à quinze petits à la fois. Ils sortent de la mère à quatre pattes, elle les nourrit au **lait de cochon**.

Le sanglier et le porc sont des **mammifères vivipares**.

Animaux genre cochon (porcins)

Le pécari : petit cochon mignon et poilu dont la peau sert à faire des gants.

L'hippopotame : gros fainéant de trois tonnes, qui passe son temps dans son bain.

L'ÉLÉPHANT ET SES ENFANTS

Mon papa, c'est le plus grand des papas.

L'éléphant est un **ongulé à cinq doigts**.
Il est gris et totalement recouvert de peau d'éléphant. Seules deux grandes dents en ivoire sortent de sa peau d'éléphant. Il est **grand comme un autobus**, mais il circule dimanches et jours fériés.

Comme l'homme, l'éléphant a une tête, un tronc et des membres.

La tête de l'éléphant

Elle est proportionnée au corps. C'est dire qu'elle est grande ! Elle est percée de deux petits yeux malins, parce que **l'éléphant a oublié d'être con**.
Deux grandes oreilles pour entendre les bruits de la savane et chasser les mouches.
Deux défenses en ivoire qui sont des incisives surdimensionnées.
Et pour finir tout ça, **une trompe, long tuyau recouvert de peau d'éléphant,** qui sert d'**aspirateur** pour madame Éléphant quand elle fait le ménage, d'**arrosoir** pour monsieur Éléphant quand il fait le jardin, et de **main** pour les deux, quand ils se prennent par la main.

Le tronc de l'éléphant

L'éléphant a **un tronc**, un seul par éléphant.
C'est la partie importante de l'éléphant, et la plus lourde.
Un tronc d'éléphant pèse **plusieurs tonnes**.
Sa queue est ridiculement petite pour un animal de cette taille.

Les membres de l'éléphant

Ils sont trapus et costauds, ce sont eux qui ont la lourde charge de supporter et de maintenir en l'air le corps de l'éléphant, comme les colonnes qui supportent le toit des temples. Ils se composent de **quatre pattes** qui se terminent chacune par **cinq doigts**, protégés par un **gros ongle** (sabot). Les éléphants ont donc vingt ongles, on les appelle pas « **ongulés** » pour rien !

Le son de l'éléphant : BOOOW ! (barrissement).

Quelques prénoms d'éléphant : Augustine, Babar, Carlos, Céleste...

Les mœurs de l'éléphant

L'éléphant est très poli et plus soigné que le mammouth, souvent coiffé avec un pétard.

L'éléphant peut vivre jusqu'à 200 ans. Un éléphant qui meurt actuellement, à 190 ans, a connu Napoléon.

Le régime alimentaire de l'éléphant

L'éléphant est un vrai **herbivore**, à la différence de la tondeuse à gazon, qui carbure à l'essence.

La fabrication de l'éléphant

Le petit de l'éléphant reste **640 jours** dans le ventre de sa mère avant de sortir. Il est nourri au **lait d'éléphant**.

Exercice

Vérifiez que l'éléphant est un animal à température constante en lui prenant la température plusieurs fois dans la journée (munissez-vous d'une échelle double et surtout prévenez-le).

COURS DE RÉCRÉATION

La reproduction des éléphants

Quand une maman éléphant éternue, on peut dire que la naissance est proche.
L'éléphanteau arrive sur terre en glissant dans le long toboggan de la trompe de sa maman. Il se retrouve brutalement sur le sol au milieu de la curiosité générale et des grosses pattes des éléphants qui veulent savoir si c'est une fille ou un garçon.
L'éléphanteau cligne des yeux sous la lumière brutale du soleil, il vient en effet de passer près de deux ans dans le ventre sombre de sa maman.
La mère met près de deux ans à confectionner un éléphanteau : il y a la peau, dont on ne doit pas voir les coutures, puis les défenses, qui dans certaines familles un peu snobs sont sculptées de motifs orientaux.
La maman éléphant aime bien avoir des éléphanteaux. Elle adore jouer à la maman, les mignoter, les talquer, les langer, et puis, quand le petit dégringole par sa trompe, ça la chatouille très agréablement.
Le papa éléphant est plus réservé. Il ne veut pas d'une famille trop nombreuse, malgré les allocations familiales.
Quand le nombre d'éléphanteaux lui paraît suffisant, il demande au docteur de faire à la maman une ligature de la trompe. Alors c'est fini, trop tard pour les éléphanteaux en finition qui voulaient sortir par la trompe !
Il y a bien sûr une sortie de secours par-derrière, mais elle est trop élevée et la queue de la maman est trop courte pour atteindre le sol.

Alors les éléphanteaux se résignent, vieillissent et blanchissent dans l'obscurité intestine de la maman.

Exercice

Attention ! L'auteur a volontairement glissé dans son récit quelques erreurs. Trouvez-les.

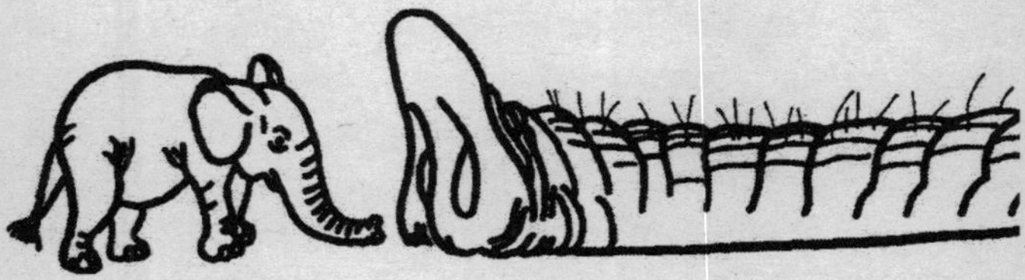

LE CHAUD LAPIN

Tu me tiens chaud, mon lapin.

LE CHAUD LAPIN

Le chaud lapin est très apprécié par toute la famille : les enfants l'adorent quand il est en peluche, les grandes personnes l'adorent quand il est en civet, et, l'hiver, les personnes âgées se le mettent sur la tête.
En attendant, le lapin est un **mammifère rongeur**, son corps est recouvert entièrement de **peau de lapin** avec de longs poils soyeux. Quand il est de garenne, il a le dos roux et le ventre blanc.

Comme l'homme, le chaud lapin a une tête, un tronc et des membres.

La tête du lapin

Le chaud lapin a de bonnes joues, il a l'oreille longue et molle, **ses yeux sont gros et peu expressifs**.

Droit de réponse du lapin
Je connais beaucoup de chasseurs qui n'ont pas le regard expressif, j'ai la délicatesse de ne pas en parler.

Le lapin a un museau dont la lèvre supérieure est fendue en **« bec de lièvre »**.

Conseil aux parents d'un enfant qui a un bec-de-lièvre : **ne pas le laisser sortir pendant la période de la chasse.**

Le tronc du lapin

Le corps du lapin est long et souple. Il se conclut par une queue courte qui ressemble à une houppette.

Les membres du lapin

Les membres antérieurs sont courts ; les membres postérieurs sont longs et pliés en Z.
Si on vous présente le plat et qu'on vous donne à choisir, si vous avez très faim prenez plutôt le membre postérieur : il y a plus à manger.

Le son du lapin : WI ! WI ! WI ! (glapissement).

Prénom de lapin : Jeannot.

Les mœurs du lapin

Elles sont légères.
Le lapin sauvage vit dans des garennes, terres non cultivées. Le jour, il reste planqué dans son terrier parce que **le lapin est trouillard**.

Droit de réponse du lapin
Je voudrais bien vous y voir : je suis cerné par les renards, les putois, les furets et les chasseurs. On serait trouillard à moins !

La nuit, quand le chasseur dort, le lapin sort. Il va chercher sa nourriture, qui est composée de végétaux : on dit qu'il est **noctambule**.
Conseil : si vous voulez faire un cadeau à un lapin, offrez-lui une carotte.
Le lapin est un vrai fléau pour nos cultures. Il est difficile de l'attraper parce qu'il court très vite en faisant des zigzags.

LAPIN

LE CHAUD

Le lièvre est un lapin Formule 1, il est le plus rapide des lapins.

Il a une couleur qui le fait se confondre avec la terre, à l'arrêt il ressemble à une taupinière.

La reproduction du lapin

Le lapin adore se reproduire. **La reproduction, c'est son violon d'Ingres*.** On ne l'appelle pas « chaud lapin » pour rien. Demandez donc à la **lapine** et à la **hase** (femme du lièvre).

Quand le lapin dit à sa femme : « Tu viens, mon lapin ? » la reproduction est proche. Les petits lapins sortent de la mère à quatre pattes **un mois après**. La maman lapin nourrit ses petits avec du **lait de lapin**.

Autres animaux genre lapin (rongeurs)

L'écureuil : il a une belle queue et mange des noisettes.

La marmotte : elle vit dans les montagnes, c'est une grosse paresseuse qui dort tout l'hiver.

Le castor : c'est un rongeur qui vit sur l'eau, il construit des huttes et des barrages.

Les rats, les souris : ils mangent du fromage.

Les cochons d'Inde : comme les marrons d'Inde, ils n'ont pas de turban.

Le porc-épic : il pique.

* *Ingres : peintre français (1780-1867) qui jouait du violon entre deux tableaux.*

LA VIEILLE TAUPE

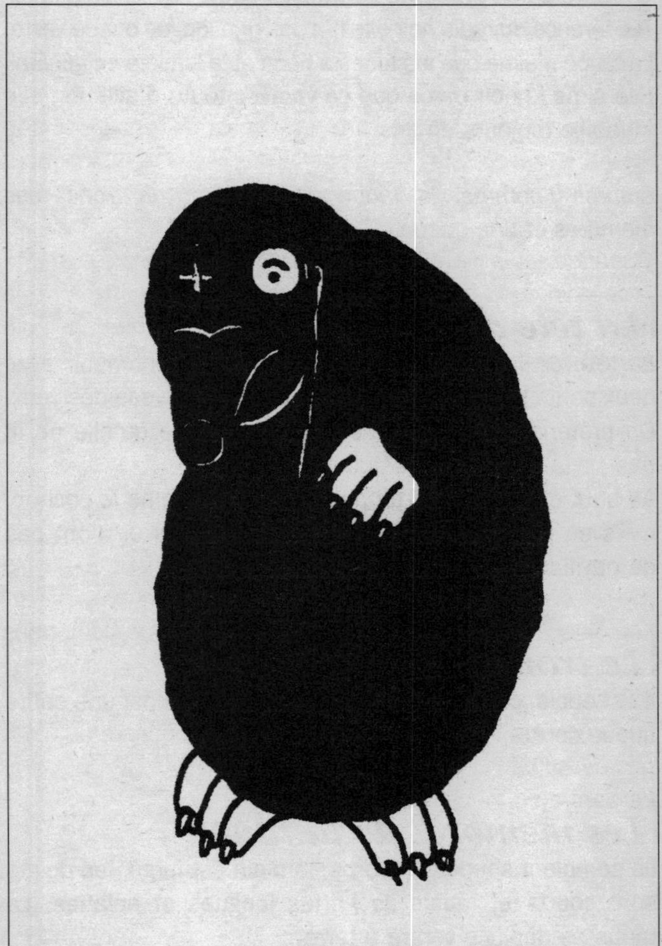

Qui a dit que je ressemblais à un radis noir ?

LA VIEILLE TAUPE

La taupe se présente comme un radis noir, mais à la différence du radis noir elle n'a pas une longue queue verte. La taupe n'aime pas les tubes à néon et la lumière en général. Elle aime le noir parce que ça va avec tout ; d'ailleurs, elle s'habille toujours en gris.

Comme l'homme, la taupe a une tête, un tronc, des membres et une queue.

La tête de la taupe

La tête de la taupe ressemble à un petit entonnoir avec deux petits trous judicieusement situés au niveau des yeux. On prétend que la taupe est aveugle parce qu'elle ne lit pas ; elle préfère la musique classique.
Au bout de sa tête, la taupe a un **groin** comme le cochon, mais en plus petit. Ses oreilles sont petites et n'ont pas de pavillon.

Le tronc de la taupe

Il est épais, court et cylindrique. Il se termine par une petite queue courte.

Les membres de la taupe

Ils semblent soudés au corps, la main est large, les doigts sont courts et munis de griffes longues et aplaties. La taupe se déplace ventre à terre.

Prénom de taupe : Marcelline.

Les mœurs de la taupe

Un peu snob, la taupe vit dans un château souterrain avec un donjon, une chambre centrale, des couloirs circulaires, une galerie principale, une salle à manger où on sert des **repas à base d'insectes**, une galerie de chasse, une galerie de décharge et une taupinière.

La reproduction de la taupe

Monsieur Taupe et madame Taupe s'installent dans la chambre centrale du château, et monsieur Taupe dépose avec amour dans madame Taupe ses **spermatozoïdes** qui vont rejoindre l'**ovule** de madame Taupe.

Madame Taupe met au monde **de trois à sept petits** qu'elle nourrit avec son **lait de taupe**.

Le doute n'est plus permis, monsieur et madame Taupe sont des **mammifères vivipares**.

Quelques animaux genre taupe (insectivores)

Le hérisson

La musaraigne

Exercice

Pourquoi la taupe a-t-elle des yeux ?

– Pour lire ?

– Pour qu'on la distingue du radis noir ?

(Soulignez la bonne réponse.)

COURS DE RÉCRÉATION

Avant les taupes

Avant les taupes, la France était une grande plaine ventée. Vinrent les taupes.

Les taupes alsaciennes et lorraines s'associèrent en SARL et créèrent « Les Taupes de l'Est ». Elles édifièrent des taupinières rondes qu'elles appelèrent les Vosges. On les inaugura à grand fracas et en présence de nombreuses personnalités.

Piquées au vif et jalouses, les taupes savoyardes s'unirent et décidèrent d'élever des taupinières pointues, pour se singulariser.

Elles firent d'abord quelques brouillons qu'elles appelèrent les Préalpes, puis un ouvrage définitif : les Alpes.

Une taupe particulièrement courageuse et brillante fit une taupinière pointue de plus de 4 000 mètres de haut, puis il se mit à neiger : on appela sa taupinière mont Blanc.

À cette époque, on vit apparaître sur le globe des taupinières énormes, baptisées des noms les plus baroques : Kilimandjaro, Aconcagua, Illampu, Chimborazo, Cotopaxi...

Ce furent les taupes indiennes qui gagnèrent. Elles se mirent à plusieurs et élevèrent une taupinière de 8 000 mètres. On l'appela Himalaya : le record absolu était battu.

Ce fut un coup dur pour les taupes françaises, qui apprirent la nouvelle par l'écho des galeries : elles furent découragées. Elles élevèrent encore quelques collines en Bretagne mais sans conviction.

Le cœur n'y était plus. Elles s'enfoncèrent dans le sable.

Maintenant, elles creusent discrètement des fosses marines où elles passent de mornes journées à jouer à colin-maillard.

Exercice

Attention ! L'auteur a glissé volontairement des erreurs dans ce texte. Trouvez-les.

LE CHAT INGRAT

Si j'avais un mètre de plus, je ferais tigre.

Le chat est doux au toucher, beau à regarder. C'est une petite merveille de la nature et, comme l'écrit Alexandre Vialatte*, **Dieu a fait le chat pour donner à l'homme la possibilité de caresser le tigre.**
Le chat s'appelle Minou, la chatte Minette, on peut aussi les appeler Didon et Énée, Pelléas et Mélisande ou Ken et Barbie.
Le chat a une belle vie : il dort quatorze heures par jour.
Comme l'homme, le chat a une tête, un tronc et des membres.

La tête du chat

La tête du chat est décorée par **deux superbes yeux qui voient la nuit** et dont la pupille varie de forme et de taille suivant l'intensité de la lumière.
Le jour c'est une petite fente, la nuit c'est une grande tache ronde.
Le chat a l'oreille fine, courte et pointue.
Le chat a une moustache, la chatte aussi.

Le tronc du chat

Le chat a un tronc souple et robuste qui se termine par une queue.

Les membres du chat

Ils sont au nombre de quatre et sont appelés pattes.
Au bout des pattes, il y a des griffes que le chat peut rentrer ou sortir suivant son humeur : **ses griffes sont rétractiles.**

* *Alexandre Vialatte (1901-1971) : écrivain et chroniqueur très drôle.*

Sous ses pattes, le chat possède des petits patins qui rendent la marche silencieuse et souple.

Le son du chat : MIAOU ! (miaulement).

Quelques prénoms de chat : Pompon, Mistigri, Pustule...

Les mœurs du chat

Les imbéciles disent que le chat n'est pas attaché à son maître. C'est faux.
Connaissez-vous beaucoup d'enfants qui feraient plus de 100 kilomètres à quatre pattes pour retrouver leurs parents ?

Le régime alimentaire du chat

Comme saint François d'Assise, le chat adore les oiseaux, les poissons, les souris.

La reproduction du chat

La gestation dure **deux mois**, la chatte nourrit ses petits avec du **lait de chat**.

Animaux genre chat (félins)

Le lion : roi des animaux.
Le tigre : roi du Bengale.
Le Jaguar : à ne pas confondre avec le Rover.
La panthère : sa peau a servi à faire le caleçon de Tarzan.
Le cougar : méchant : gare au cougar.
Le lynx : célèbre pour son œil.

COURS DE RÉCRÉATION

Monologue avec mon chat

(Le maître est à table, il mange un hareng, il parle à son chat, qui ne répond pas.)

Qu'est-ce que tu veux mon chéri ? Le hareng, tu n'aimes pas parce que ça a trop de goût. Dès que ça a un petit peu de caractère, tu n'aimes pas. Tu n'es pas un gourmet.

Ne suce pas mon doigt, c'est de l'huile avec un goût de fumée : tu n'aimeras pas, mon chéri.

Ah oui ! tu m'aimes beaucoup, surtout quand je mange : autrement l'affection, faut pas trop y compter. Quand je suis couché et que j'aimerais bien un petit peu de tendresse, un petit peu de chaleur animale, on va se mettre très loin, hein ?

Évidemment, si j'avais une tranche de saumon sur la tête, j'aurais droit à des affections. Mais non, je ne vais pas me mettre une tranche de saumon fumé sur la tête, la nuit, simplement pour avoir des tendresses : j'ai ma fierté, je veux une vraie tendresse désintéressée, je veux qu'on m'aime pour moi. Tu peux t'en aller, va, il n'y a plus rien à manger.

Ne fais pas semblant de ne pas avoir entendu, petit salaud, petit égoïste. Ah ! on fait tout pour eux, on se crève le cul, on bosse comme des cons, on achète les trucs les plus fins, et ça fout le camp... Il veut aller manger ailleurs... On devrait jamais s'attacher...

Fais attention aux voitures dehors, mon chéri.

Exercice

Soulignez les passages qui témoignent de l'égoïsme du chat et de l'égoïsme du maître.

LE CHIEN COLLANT

Alors, on joue plus ?

COLLANT

Le chien est utile à l'homme, le chien d'aveugle au **non-voyant,** le chien de sourd au **non-entendant**, le chien de con au **non-comprenant** (il doit alors être intelligent pour deux).
Le chien est le compagnon de l'homme.
Il est fidèle et affectueux, il vous saute dessus avec ses pattes sales pour vous lécher la pomme, ce qui est très désagréable quand on a un costume blanc. Le chien revient toujours avec la baballe (qu'on lui a lancée pour avoir la paix), et on n'a jamais la paix.
En conclusion, on peut dire que **le chien est un animal collant**, mais il regarde son maître avec une telle admiration que le maître ne peut pas lui en vouloir.
Le chien peut être **de garde, de traîneau, de fusil, de compagnie, de faïence** et **de ma chienne**...

Comme son maître, le chien a une tête, un tronc et des membres.

La tête du chien

Le chien a une tête de chien, avec deux yeux émouvants, un museau humide qui se termine par la **truffe**, qui est le nez du chien.
Il a aussi deux oreilles et une mâchoire pleine de dents : 42.

Le tronc du chien

Le chien a un tronc couvert de poils et qui se termine par une queue qu'il remue quand on lui donne un sucre.

Les membres du chien

Le chien a quatre pattes. Le chien est un **digitigrade** : il marche sur ses doigts, c'est-à-dire sur la pointe des pieds (pas seulement le soir quand il rentre tard et qu'il veut pas que sa chienne l'entende).

Ses griffes ne sont pas rétractiles, elles s'usent comme les semelles de nos chaussures, en marchant.

Le son du chien : OUAH ! (aboiement).

Quelques prénoms de chien : Bobbie, Médor, Azor, Milou, Rex, Sultan...

Les mœurs du chien

Le chien est joueur, chasseur et coureur, mais **pas fumeur**. Le chien fait copain copain avec les chasseurs, et ça, c'est pas à son honneur.

L'alimentation du chien

Le chien est **carnivore** : quand on lui sert un bifteck frites, il mange d'abord le bifteck, les frites seulement après.

La reproduction du chien

Le chien se reproduit comme les **mammifères vivipares** : il monte sur la femelle, qui s'appelle **chienne, pas chiennerie**.

Neuf semaines plus tard, la chienne met bas des chiots qu'elle nourrit au **lait de chien**.

Quelques noms de famille de chiens

Le cocker, le fox-terrier, le carlin, le bouledogue, le lévrier,

COLLANT

LE CHIEN

le caniche (qui est à la race canine ce que la golden est à la pomme), le chien policier, le colley, le teckel, le saint-bernard, le doberman.

Animaux genre chien (canidés)

Le loup : il mange les moutons.
Le renard : il mange les poules.
L'hyène : elle va chercher sa pourriture la nuit.

LA BALEINE

Quand on me prend pour un poisson, je me marre.

LA BALEINE

La baleine est un cétacé mammifère.
Elle est énorme, elle peut peser 150 tonnes, soit le poids de 25 éléphants ou de 200 bœufs, ou encore de 5 millions de sardines.
Grande comme un semi-remorque, mais mammifère comme une souris, la baleine ne passe pas inaperçue. Comme la Cocotte-Minute, elle lance vers le ciel des jets de vapeur.
Comme l'olive, la baleine donne de l'huile. Mais bientôt les olives remplaceront totalement les baleines, parce que les chasseurs ne tirent pas encore sur les olives.
Les baleines passent leur vie dans la mer, mais elles ont le sang chaud, elles allaitent leurs petits et **elles respirent avec des poumons**. On les prend souvent pour des poissons, ce qui les fait se marrer, comme des baleines.

Comme l'homme, la baleine a une tête, un tronc et des membres.

La tête de la baleine

La baleine a une tête mais elle n'a pas de cou.
Elle a deux petits yeux rieurs placés à chaque coin de la bouche.
Elle n'a pas de dents mais des **fanons** (qui servent à faire des baleines de parapluie). Ce sont des lamelles qui servent de **passoire** et retiennent les petits poissons quand la baleine recrache l'eau de mer.

Le corps de la baleine

Le corps de la baleine est recouvert d'une peau lisse, sans poils.
Il se termine par une queue.
Il possède une **mamelle ventrale** que vient téter le **jeune baleineau**.

Les membres de la baleine

Les membres antérieurs se présentent comme des nageoires, mais ils sont constitués des mêmes os que le bras de l'homme (**omoplate, humérus, radius et cubitus, carpe, métacarpe, phalange**).

Prénom de baleine : Moby.

La reproduction de la baleine

Comme les **mammifères vivipares**. Mais compte tenu de la taille des deux partenaires et qu'ils ont le sang chaud, les amours des baleines font de grosses vagues dans la mer et causent des naufrages.
Le jeune baleineau est nourri au **lait de baleine**.

Animaux genre baleine (cétacés)

Le lamantin
Le dauphin
Le marsouin
Le cachalot (le seul dont le nom ne se termine pas par **IN**).

• *Exercice*

Cuisinons une baleine.
Comment reconnaître si une baleine est fraîche ?
Regardez la baleine droit dans les yeux.

LA BALEINE

Si elle est fraîche, elle doit soutenir votre regard avec arrogance.
Si elle baisse les yeux la première, c'est qu'elle n'est pas fraîche et qu'elle a honte. Si c'est vous qui baissez les yeux le premier, c'est vous qui n'êtes pas frais.

Comment vider une baleine ?
Comme une baleine fait environ 20 mètres de long, allongez-la dans le salon, vous y serez plus à l'aise que dans la cuisine, où vous allez devoir la plier. Faites une longue entaille dans le ventre de la bête, retirez l'estomac, le foie et Jonas.
Pour le repas, il faudra compter un couvert de plus, car vous ne pouvez faire autrement que de garder Jonas à dîner maintenant que vous lui avez cassé sa baraque.

Comment cuire une baleine ?
La cuisson d'une baleine est trop délicate pour être confiée à un enfant.
Demandez à votre grand-mère : il vaut mieux laisser Mammie faire, vous en avez fait assez, et assez c'est assez.

Les vertébrés ovipares

Les **ovipares** naissent dans des **œufs**.
C'est en souvenir de l'œuf que les ovipares appellent leurs enfants « mes petits cocos ».
On distingue les **oiseaux**, les **poissons**, les **batraciens** et les **reptiles**.

LES OISEAUX

Vous me préférez en noir ?

LES OISEAUX

« Je n'ose plus regarder les oiseaux dans les yeux. »

L'armateur de l'*Amoco Cadiz*

Caractères généraux des oiseaux

Les oiseaux sont des **vertébrés** dont le corps est recouvert de **plumes**, et parfois de **mazout** quand ils vivent dans une villa au bord de la mer.
L'oiseau a **deux ailes**, il vole même quand il y a grève à Air France.
Il a **deux pattes**, qui sont les membres postérieurs.
Il marche sur ses doigts qui sont au nombre de quatre. À la différence du cheval, **il n'a pas de sabots**.

Pourquoi l'alouette n'a-t-elle pas de sabots ?

1. Les sabots seraient trop lourds et l'empêcheraient de s'envoler.
2. Quand elle est dans le ciel, l'alouette n'a pas besoin de chaussures.
3. Quand elle est chez elle, l'alouette met des pantoufles.

Les membres antérieurs sont les deux ailes, à l'aide desquelles l'oiseau peut voler.
L'organisation intérieure d'un oiseau présente les diverses parties essentielles que nous allons étudier chez l'homme. Mais il est évident qu'il y a des différences entre les organes d'un oiseau et ceux de l'homme.

Les oiseaux ont un **bec**, mais ils n'ont **pas de dents** : ils ont la chance de ne jamais aller chez le dentiste.

Comme l'oiseau n'a pas de dents, il est obligé de manger des **petits cailloux** qui, dans le **gésier**, vont servir à broyer les graines.

Qu'est-ce que les oiseaux ont en commun avec les hommes ?
Les oiseaux volent pour aller chercher leur nourriture, l'homme aussi parfois, quand il a très faim et qu'il est au chômage ; alors on le met en cage, comme un oiseau.

Est-ce que les oiseaux sont des cons ?
D'après Chaval*, oui.

Quelques animaux genre oiseau

Les colombins : les pigeons et les tourterelles.
Les gallinacés : les perdrix, les faisans, les poules, les dindons.
Les rapaces diurnes (ouvert le jour, fermé la nuit) : les faucons (les vrais cons, ce sont ceux qui les tuent), les éper-

* *Dessinateur humoristique. Il a écrit* Les oiseaux sont des cons.

viers, les buses, les aigles.
Les rapaces nocturnes (ouvert la nuit, fermé le jour) : les chouettes, les hiboux.
Les grimpeurs : les pics, les perroquets, les coucous.
Les échassiers : la cigogne, la grue, le héron... héron, héron, petit patapon.
Les palmipèdes : le canard, le flamant rose (qui a des longues pattes, ce qui lui permet de ne pas se mouiller les fesses quand il marche dans l'eau), le pélican, la mouette, le pingouin.
Les passereaux : les moineaux, les hirondelles, les corbeaux, les pies.
Les coureurs : l'autruche (qui fait de la politique).

La reproduction des oiseaux

Les oiseaux se reproduisent par œuf interposé.
La femelle n'a pas besoin du mâle pour pondre. Les veuves d'oiseaux continuent à pondre longtemps après le décès du mâle.
Un œuf n'est qu'espérance d'oiseau et pas oiseau à tous les coups.
Le mâle a un rôle important à jouer dans la reproduction des oiseaux. Il a deux interventions distinctes. D'abord il tournoie dans l'air et se pose au bord du nid, puis il s'avance, en marchant sur des œufs, et il regarde la femelle dans les œufs et déclare gravement : « T'as de beaux œufs, tu sais ! »
La femelle sait alors que c'est gagné : le mâle va accepter de féconder ses œufs. Elle lui demande, en le vouvoyant (le tutoiement n'apparaîtra qu'à la naissance des oiseaux) : « Voulez-vous féconder mes œufs, s'il vous plaît ? »
Le mâle remue la tête de bas en haut pour signifier son accord, mais il ne prononce aucune parole. Il ferme les yeux, l'instant est grave, la femelle très émue ; il prononce alors la phrase rituelle de la fécondation : « Tu seras un fils, mon œuf », tandis qu'il donne une petite tape à chaque œuf.
À partir de ce moment commence la couvaison. La femelle s'installe sur les œufs et le mâle va faire les courses. Il lui rapporte des insectes et des hebdomadaires féminins.

Exercice

Attention ! L'auteur a volontairement glissé dans ce texte des erreurs. Trouvez-les.

LE COQ ET LA POULE

Il chante, mais c'est moi qui ponds.

LE COQ ET LA POULE

Le coq et la poule sont des oiseaux de basse-cour. Ils se ressemblent, un peu comme l'homme et la femme, avec malgré tout des différences.
Le coq a fière allure. On remarque la richesse de son plumage, sa grande crête rouge et son chant.
La poule a beaucoup moins d'allure, mais elle pond, à la différence du coq, qui fait le mariole mais est incapable de pondre.

Les poules dorment sur un perchoir. En dessous du perchoir sont disposées des planches à crottes.
Quand elles font des cauchemars, il leur arrive de se casser la gueule du perchoir, elles tombent alors dans leur fiente.
La poule a un tout petit QI. On peut dire sans exagérer qu'elle est conne, mais elle est bonne au riz.

Droit de réponse de la poule
Peut-être que je suis conne, mais c'est moi qui fais les poussins et qui ai tout le tintouin. Je ne peux pas compter sur le père : il passe son temps à pérorer au bistrot.

Réponse du coq
C'est elle qui voulait des poussins, alors qu'elle se plaigne pas maintenant !

La fabrication d'un poussin

Il existe deux sortes d'œufs : l'œuf qui a été **fécondé** et l'œuf qui n'a pas été fécondé, et qui n'a pas beaucoup d'avenir. Pour que l'œuf soit fécondé, il faut que le coq ait daigné monter sur la poule et qu'il ait mis en communication leurs deux **cloaques***. Ainsi, ses **spermatozoïdes** remontent à l'intérieur de la poule, où ils rencontrent l'**ovule (jaune de l'œuf)**.

Une poule qui n'a pas de coq dans sa vie est condamnée à faire des **œufs à la coque**, mais jamais de **poussins**.

Quand la poule a pondu des œufs fécondés, elle doit les tenir au chaud pendant **21 jours** ; elle s'assoit alors délicatement dessus et **elle couve**.

Les poussins grandissent à l'intérieur des œufs. Au bout de 21 jours, quand les poussins se sentent à l'étroit dans l'œuf, ils cassent la coquille et se cassent dans la nature. Ils ne sont pas nourris au **lait de poule**.

Plus tard, ils deviennent poule ou coq et l'histoire recommence.

Exercice

Le chapon est le bœuf de la basse-cour.
Justifiez cette affirmation.

* *Cloaque : trou qui sert à tout, sorte d'égout des oiseaux.*

LE PIGEON

Ça porte bonheur.

LE PIGEON

Le pigeon est un animal irrespectueux : il adore chier sur les monuments historiques, cathédrale, hôtel de ville, monument aux morts...
Il existe trois espèces principales de pigeons : le **colombin**, le **ramier** (appelé ramier parce qu'il est fainéant et qu'il n'en fout pas une rame) et le **biset** (appelé familièrement Georges, en hommage au musicien Georges Bizet*).

Comme l'homme, le pigeon a une tête, un tronc et des membres.

La tête du pigeon

Elle comporte un **bec** percé de **deux narines**, **deux yeux ronds** à **trois paupières** et **deux oreilles** cachées dans les plumes.

Le tronc du pigeon

Comme l'endive, le pigeon a une forme fuselée, propice à ses évolutions dans l'air, son CX est très satisfaisant. À la différence de l'endive, le pigeon a le corps recouvert de plumes. Il se termine par une queue courte garnie de plumes et qui sert de gouvernail.
Un pigeon sans queue ne pourrait pas rentrer chez lui et deviendrait vite un SDF.

** Georges Bizet (1838-1875) : musicien français. Il a composé l'opéra* Carmen.

Les membres du pigeon

Les membres antérieurs s'appellent les ailes : elles sont couvertes de longues plumes.
Les membres postérieurs s'appellent les pattes : elles sont courtes et couvertes d'écailles. Elles ont **quatre doigts**, ce qui empêche le pigeon de très bien jouer de l'accordéon.

Plumons un pigeon (ne plumez jamais un pigeon vivant !).
On remarque que les plumes qui couvrent le corps du pigeon sont comme des poils.
Le pigeon a trois sortes de plumes, comme tous les oiseaux : les grandes plumes des ailes et de la queue, qu'on appelle les **pennes**, les petites plumes qui couvrent le corps, qu'on appelle les **tectrices**, et le **duvet**.

Les pennes : elles comprennent un **axe creux** qui est fixé dans la peau. Cet axe porte de part et d'autre des poils appelés **barbes**.

Les tectrices : ce sont de petites plumes qui couvrent le corps comme les tuiles recouvrent un toit. Elles sont faciles à arracher et, quand on les a retirées, le pigeon est tout nu ; alors, pour qu'il ne prenne pas froid, on l'entoure d'une barde de lard et on le met dans un four très chaud.

Le duvet : il est très doux et chaud, et il est directement au contact de la peau. Mettez-le de côté, et quand vous aurez plumé beaucoup de pigeons, vous pourrez vous faire un petit oreiller très moelleux.

Le vol du pigeon

Le pigeon est capable de faire du **100 à l'heure** et de parcourir des centaines de kilomètres pour retrouver son nid et sa famille.

LE PIGEON

Le pigeon a été utilisé pendant la guerre pour transporter des messages que l'on fixait à sa patte dans un petit tube. Beaucoup ont été tués lors de ces missions : il y a même au mont Valérien un pigeon empaillé, mort au champ d'honneur, qui a été décoré.

Observons une minute de silence pour tous les pigeons morts pour la Patrie.

La reproduction du pigeon

Les pigeons se reproduisent au printemps. La femelle pond **deux œufs** que le mâle et la femelle couvent à tour de rôle pendant **dix-huit jours**. Mais il faut bien sûr que la femelle ait été fécondée par le mâle, c'est-à-dire qu'ils aient mis **leurs cloaques en communication**.

Le pigeon est **ovipare**, c'est-à-dire que ses petits arrivent sur terre à l'intérieur d'un **œuf de pigeon**.

Après leur naissance, les petits pigeons restent au chaud pendant un mois ; ils sont nourris de graines ramollies, puis ils s'envolent sous le regard ému du papa et de la maman pigeons.

Ils reviennent seulement pour les anniversaires ou la fête des Mères.

LES OISEAUX MIGRATEURS

Vivement l'hiver, je m'emmerde en Alsace.

Certains oiseaux moins bêtes que les autres ne passent pas toute leur vie dans notre pays pourri. L'hiver, ils partent se faire bronzer dans les pays ensoleillés et reviennent chez nous au printemps.

Principaux oiseaux migrateurs

Le coucou, l'hirondelle, le canard sauvage, le héron, la cigogne...

La cigogne

La cigogne pas conne, comme le héron pas con, part l'hiver se bronzer les magrets dans les pays ensoleillés. On peut dire qu'il y a **deux cigognes en une** : la cigogne **alsacienne** et la cigogne **africaine**.

La cigogne alsacienne est austère, habillée en blanc et noir. Elle a une coiffe noire sur la tête, elle ne rit jamais, elle mange des poissons, des grenouilles et de la choucroute qu'elle attrape avec son **long bec**. Elle a des **longues pattes** qui lui permettent de marcher dans l'eau **sans se mouiller le cul**. Elle habite sur une cheminée qui la tient au chaud.

Quand elle est en Alsace, **la cigogne ne met pas de porte-jarretelles** parce que l'Alsacien, souvent protestant, pourrait protester. Mais quand elle se tire en Afrique, on peut dire que la cigogne s'en donne à « corps joie », elle bazarde sa coiffe alsacienne, se balade tête nue en remuant **son joli petit croupion à plumes**, au milieu des

Noirs qui roulent leurs yeux brillants comme des billes d'acier.

Souvent, au printemps, la cigogne hésite à quitter l'Afrique où elle se marre tellement et à repartir en Alsace. Ses copains noirs l'incitent à rester, mais elle part toujours parce qu'elle adore la choucroute et qu'en Afrique il n'y en a pas.

J'ai pas vraiment envie de repartir à Strasbourg.

Exercice

Pourquoi la cigogne a-t-elle de longues pattes ?

LE CHANT DES OISEAUX

Beaucoup d'oiseaux ont différents chants pour exprimer leur affection ou leur frayeur. Ils s'appellent et se répondent.

Cri d'appel	Réponse
Alouette des champs :	
pipit ! pipit !	*priou ! pipriou !*
Alouette des bois :	
bédoulè ! (bis)	*lu ! lu ! lu ! lu !*
Mésange :	
titique (ter)	*stiti ! stiti !*
Pivert :	
tracacan ! (aigu et doux)	*plien ! plien ! plien !*
Rouge-gorge :	
uip ! uip !	*tiri ! tirilit ! tirililit !*
Roitelet :	
zul ! zul !	*zalp !*
Fauvette à tête noire :	
tack !	*clap !*

Fauvette babillarde :
bjié ! (bis) *clap !*

Bergeronnette :
titren ! titren ! titren ! titren ! titren !

Moineau :
tin ! tin ! tin ! tin ! tin !

Caille :
paye tes dettes ! paye tes dettes !

Rossignol :
tio ! tio ! tio ! tio ! tio !

Hibou :
clou ! clou ! clou ! clou ! clou !

Chouette :
hibou ! hibou ! hibou ! hibou !

Exercice

Imaginez une conversation entre un pivert et une bergeronnette.

LES POISSONS

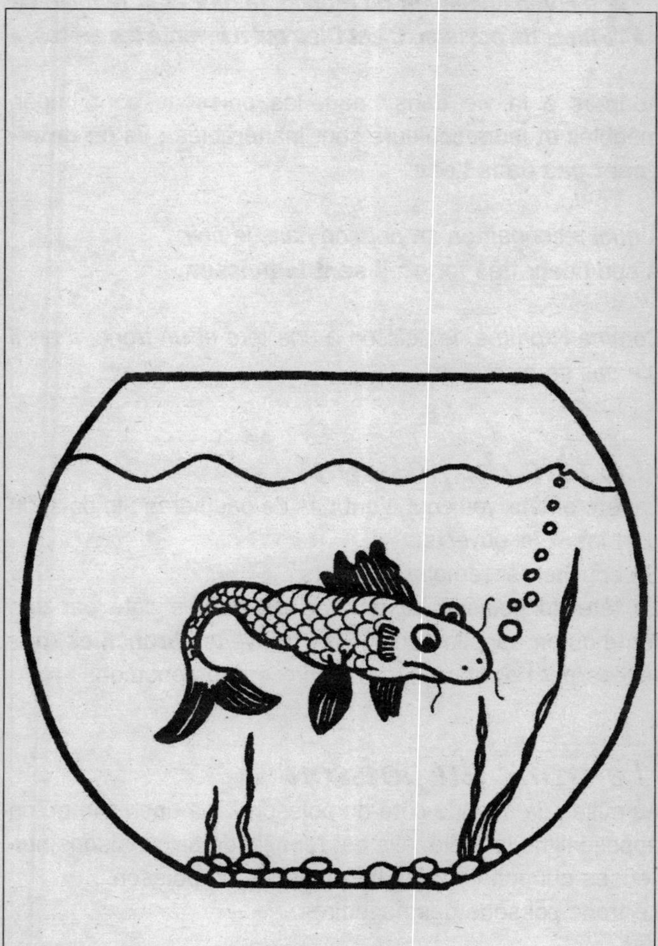

Qui a dit que je sentais le poisson ?

« Au commencement du monde, la mer était remplie de filets de poisson. C'est Dieu qui a inventé les arêtes. »

Adaptés à la vie dans l'eau, les poissons sont imperméables et leurs couleurs sont inaltérables : **ils ne déteignent pas dans l'eau.**

À quoi reconnaît-on un poisson dans le noir ?
À son odeur très forte : **il sent le poisson.**

Comme l'homme, le poisson a une tête et un tronc, mais il n'a pas de membres.

La tête du poisson

La tête a deux yeux qui n'ont pas de paupières : le poisson dort les yeux ouverts.
Sa bouche est remplie de dents.
La tête du poisson se termine de chaque côté par une fente qu'on appelle l'ouïe. On y trouve les **branchies**, protégées par l'**opercule**, qui remplacent les poumons.

Le tronc du poisson

Au milieu de chaque côté du poisson il y a une ligne qu'on appelle ligne latérale, elle est remplie de terminaisons nerveuses qui donnent des informations au poisson.
Le tronc possède des nageoires.

Les nageoires du poisson

On distingue les **nageoires pectorales** et les **nageoires abdominales**, qui vont par deux ; la **nageoire anale**, qui se trouve sous le poisson près de la queue ; la **nageoire caudale**, qui forme la queue et sert de gouvernail ; la **nageoire dorsale**, qui se trouve au milieu du poisson.
Les nageoires permettent au poisson de se déplacer dans l'eau et aussi de freiner.
Le poisson utilise ses nageoires pectorales pour s'arrêter, de la même façon que les avions qui ouvrent leurs ailerons à l'atterrissage.

Les écailles du poisson

Le corps du poisson est recouvert d'**écailles vivantes** qui ne tombent pas et qui poussent.
Une façon élégante de demander l'âge d'une truite : au lieu de la question brutale : « Quel âge as-tu ? » on lui demande, l'air de rien : « Montre-moi tes écailles. » Avec les écailles, on peut dater un poisson.

Quelques prénoms de poisson : Gérard, Christian, Luc...

Les mœurs du poisson

Le poisson est hebdomadaire.
C'est le vendredi que les poissons rendent leur âme à Dieu, et leurs filets à l'homme.

La reproduction du poisson

Les poissons sont **ovipares** : ils pondent des œufs. Profitons-en pour féliciter l'esturgeon (ses œufs sont du caviar).
À la différence des autres animaux, chez lesquels la **fécondation** (c'est-à-dire la rencontre des **spermato-**

zoïdes et des **ovules**) se fait à l'intérieur du corps de la femelle, chez le poisson, la fécondation se fait dans l'eau douce ou dans la mer, mais **pas dans la mère**.

Madame Poisson dépose ses œufs dans un trou qu'elle a creusé au fond de l'eau et part au cinéma avec ses copines, puis monsieur Poisson, avant d'aller au bistrot, fait un crochet vers les œufs et il les arrose avec sa **laitance**.

La laitance est un liquide blanchâtre qui contient ses spermatozoïdes, les œufs sont alors fécondés, et à l'intérieur grandissent les **alevins** ou petits poissons. Ainsi, madame Poisson se retrouve mère sans avoir été obligée d'aller chez son gynéco et de porter les horribles robes de grossesse de chez Prénatal.

Les parents se retrouvent autour du berceau pour le baptême.

La respiration du poisson

Les poissons n'ont pas de poumons, et pourtant ils respirent. Ils ont des **branchies** qui font office de poumons. Les branchies se présentent comme un arc osseux qui porte des filaments rougeâtres.
Le sang circule dans les filaments, puis repart dans les organes du poisson.
Après son passage dans les branchies, le sang est enrichi en oxygène et appauvri en dioxyde de carbone, exactement comme le sang humain après son passage dans les poumons.

Où le poisson trouve-t-il son oxygène ?
Dans l'eau, où il est dissous (l'homme-grenouille, bien plus con que le poisson, est incapable d'utiliser l'oxygène

dissous dans l'eau, il est obligé d'emmener son oxygène dans une bouteille).

Poisson aussi con qu'un homme-grenouille

Pourquoi un poisson meurt-il quand il est hors de l'eau ? Parce qu'il ne sait pas qu'il y a de l'oxygène dans l'air, personne ne le lui a dit.

Quelques noms de famille de poissons

On distingue deux sortes de poissons : **les mous et les pas mous,** appelés communément poissons osseux.

• *Les poissons mous*

La roussette : à ne pas confondre avec la vache rousse.
La raie : souvent au milieu.

• *Les poissons pas mous*

La carpe : elle ne dit rien mais n'en pense pas moins.
La truite : le poisson préféré de Schubert*.

* *Franz Schubert (1797-1828) : musicien romantique allemand.*

LES POISSONS

Le saumon : après avoir fumé sa pipe, le marin fume son saumon.

La sardine : meilleure à l'huile qu'à l'eau.

Le hareng : on raconte que c'est à cause de la transpiration des harengs que la mer est salée, mais ça n'a jamais été vérifié.

La sole : elle est plate comme une limande (elle peut servir de marque-page dans un livre).

La limande : elle est plate comme une sole.

La naissance d'un dauphin

Lorsque le roi a déclaré sans ambages qu'il voulait se reproduire, le grand chambellan va quérir la reine, lui demande de retirer sa couronne et d'accourir ventre à terre.
La reine s'exécute, le roi l'accueille avec des propos galants et un peu précieux.
Il l'appelle « Madame », tandis que d'un air détaché il lui tapote la croupe et qu'avec son sceptre il fourrage dans sa crinoline.
La reine fait alors des mines, prend un air offusqué et pousse de petits cris d'oiseau.
Quand le roi est suffisamment échauffé, il propose alors une partie de saute-mouton à la reine, qui n'y voit pas malice, en la priant fort courtoisement de faire le mouton.
La reproduction s'exécute comme pour les moutons, avec en plus accompagnement de timbales et de trompettes.
Neuf mois plus tard, la reine accouche d'un dauphin qui pèse 150 kilos et mesure 2 mètres.
Le dauphin est aussitôt enveloppé dans un beau drap brodé parfumé à la lavande et conduit en grande pompe au bassin des grandes eaux de Versailles, où il est immergé.
Le dauphin s'amuse comme un petit fou à sauter dans les jets d'eau et à taquiner les dragons de pierre, sa bonne humeur fait la joie des promeneurs. Une fois par semaine, le roi et la reine le viennent visiter et lui jettent des sardines.

• *Exercice*

Attention ! L'auteur a glissé volontairement dans son texte des erreurs. Trouvez-les.

LA CARPE MUETTE

Je préfère me taire que dire des conneries.

La carpe est un poisson d'eau douce, **elle est muette** parce qu'elle a peur de dire des conneries. Alors elle reste la gueule ouverte sans rien dire.

On prétend qu'à Chantilly il reste des carpes qui datent de François Ier. Elles doivent en avoir entendu ! Heureusement qu'elles se taisent.

La carpe a la forme d'une **endive aplatie**, mais à la différence de l'endive elle a des nageoires qui lui permettent de circuler dans l'eau.

Comme l'homme, la carpe a une tête, un tronc et une queue.

La tête de la carpe

Elle est percée de deux yeux.
Quand la carpe a du chagrin, ça ne se voit pas, ses larmes se mêlent à l'eau de l'étang.
La carpe a souvent la bouche ouverte, ce qui lui donne **l'air un peu con**.

Le tronc de la carpe

Il est armé par **la grosse arête**, qui est **la colonne vertébrale de la carpe.** Sur la face ventrale se trouve une petite bosse percée de trois trous : l'anus, un trou pour faire pipi et un trou par où sortent les œufs (chez les oiseaux, qui sont moins perfectionnés, il n'y a qu'un trou qui sert à tout : le cloaque).

La carpe pisse dans l'eau en toute impunité.
La carpe a une température variable. On le vérifie aisément en lui prenant la température plusieurs fois dans la journée.

La queue de la carpe

Elle est le gouvernail de la carpe.

Quelques prénoms de carpe : Geneviève, Raymonde, Berthe...

L'appareil respiratoire de la carpe

La carpe respire par ses branchies.

La reproduction de la carpe

La carpe femelle pond en mai, quand l'eau est réchauffée (20 degrés), **200 000 œufs**. Le mâle vient arroser les œufs avec sa **laitance** et, au bout de quinze jours, un **alevin** sort de l'œuf.

COURS DE RÉCRÉATION

Une reproduction contre nature

Les juments qui se baignent en rivière doivent être vigilantes, ou alors porter un caleçon. Elles doivent se méfier tout particulièrement du saumon, véritable monstre sexuel dont la vie n'est qu'une succession d'accouplements sauvages avec les espèces les plus disparates.
Par précaution, la jument doit éviter toutes les nages sur le dos. C'est dans cette position qu'elle est le plus menacée par l'agression sexuelle du saumon toujours aux aguets.
Quand un saumon avise une jument qui fait la planche en toute insouciance, il nage sous l'animal et s'introduit subrepticement dans l'intimité de la bête. Il y dépose ses œufs, puis ressort en sifflotant, ni vu ni connu. Toute à sa joie de nager, la jument n'a rien senti et va faire la sieste au soleil pour se sécher.
Quelques mois plus tard, elle grossit dans de telles proportions que sa grossesse n'est plus dissimulable. Inutile de dire que l'étalon fait semblant de ne pas la voir quand il la croise. Dans la famille de la jument, c'est la désolation. La mère pleure et le père chasse sa fille de la maison ; il ne veut pas de mauvais exemple pour ses dernières petites pouliches.
La jument a gros cœur, elle se sent victime d'une injustice et elle part. Elle emporte seulement sa trousse de toilette. Elle erre dans les bois jusqu'aux premières douleurs et accouche d'un poulain saumoné à la robe légèrement orangée.
Quand le cheval saumoné est assez grand, la jument, qui a trouvé du travail dans une boucherie chevaline, l'envoie

continuer ses études en Angleterre. Là-bas le cheval saumoné a grand succès, et comme il est amphibie il est très apprécié par les joueurs de polo.
Il devient alors célèbre et très riche, et il se marie avec une truite saumonée.

• *Exercice*

Attention ! L'auteur a glissé volontairement dans son texte des erreurs. Trouvez-les.

LES BATRACIENS

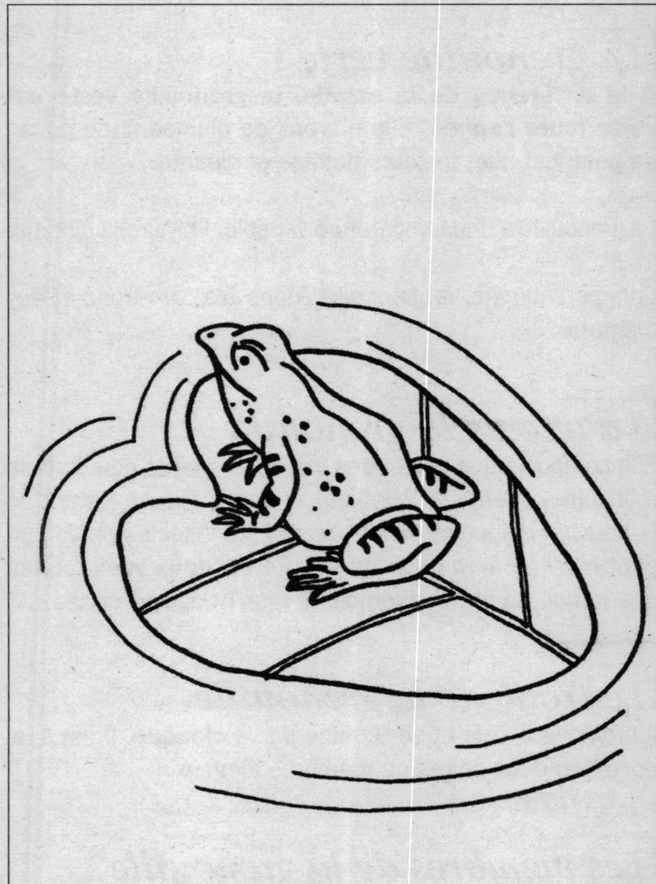

Arrêtez de toujours regarder mes cuisses.

LA GRENOUILLE VERTE

Les batraciens comprennent les grenouilles, les crapauds, les salamandres, les tritons.

La grenouille verte

À la différence de la salade, la grenouille verte est verte toute l'année. Elle n'a pas de plumes ni de poils ; sa peau est nue, toujours humide et gluante.

La grenouille a une température variable, l'hiver elle hiberne.

Comme l'homme, la grenouille a une tête, un tronc et des membres.

La tête de la grenouille

Elle comporte des mâchoires avec des petites dents sur la mâchoire supérieure, une longue langue fixée à l'avant de la bouche, qui lui permet d'attraper les insectes en vol, un petit museau avec **deux narines**, enfin **deux yeux jaunes** qui, la nuit, la font ressembler à une Twingo en codes.

Le tronc de la grenouille

Il prolonge la tête et se termine par le **cloaque**. Il est supporté par deux paires de membres inégaux.

Les membres de la grenouille

Les membres antérieurs, sortes de petits bras terminés chacun par une **main à quatre doigts**, ne servent pas à grand-chose, sinon à tricoter de la layette en attendant une naissance.

Les membres postérieurs sont composés du **pied**, de la **jambe** et surtout de la **délicieuse cuisse**, qu'on déguste avec de l'ail et du persil. Avant cuisson, ses cuisses permettent à la grenouille de faire des sauts de 1 mètre 50, soit 20 fois sa taille.

L'appareil respiratoire de la grenouille

La grenouille respire surtout par la peau. Elle a aussi, un peu par snobisme, deux petits poumons mais qui ne servent pas à gand-chose.

Le régime alimentaire de la grenouille

La grenouille est **carnivore**, et si elle veut se faire aussi grosse que le bœuf, c'est pour avoir toujours des « bifstèques » sur elle.

La reproduction de la grenouille

La grenouille verte pond au mois de mai **10 000 œufs** d'où sortent des **têtards** (appelés têtards parce qu'ils ont une grosse tête et une petite queue, comme les académiciens). Puis les têtards se métamorphosent en délicieuses grenouilles.

LES REPTILES

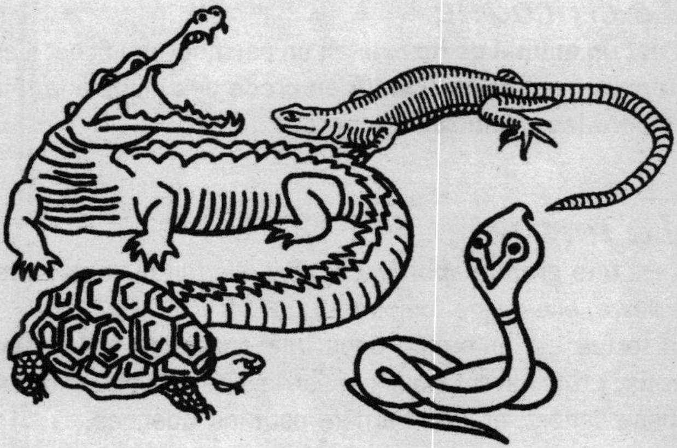

On est là seulement pour foutre la trouille.

Le corps du reptile est recouvert d'écailles. Le cerveau du reptile occupe une petite place dans sa petite tête. C'est pas un intellectuel, mais il se rattrape avec sa moelle épinière qui est très développée. Le reptile est **ovipare**.

Les reptiles comprennent les **crocodiles**, les **tortues**, les **serpents** et les **lézards**.

Le crocodile

C'est un animal de luxe. Il fait un peu nouveau riche, il est luxueusement sapé, **habillé en croco** des pieds à la tête, **il adore les chemises Lacoste.**

La tortue

C'est **une grande sportive.** Quand elle fait la course avec le lièvre, elle gagne toujours.
La tortue est enfermée dans **une carapace qui a deux trous**, un à l'avant pour passer la tête et voir ce qui se passe dehors, et un à l'arrière pour les vidanges.

Le serpent

Le serpent se cache parce qu'il n'a pas la conscience tranquille, il ne faut pas oublier que c'est à cause de lui qu'on a été privé de paradis !

Le boa a **300 côtes.**

Il mange des lapins sans les découper ; après il fait la sieste.

Le boa est très affectueux : il aime serrer l'homme dans ses anneaux. L'homme ne ressort pas vivant des étreintes du boa.

Le lézard

Petit fainéant, il adore lézarder au soleil.

Quand il casse sa queue, elle repousse, ce qui n'arrive malheureusement pas à l'homme.

Les invertébrés

Ils comprennent les protozoaires, les vers, les crustacés, les insectes et les mollusques. Toutes ces pauvres bêtes n'ont pas de squelette.
Les invertébrés sont souvent **hermaphrodites***, mais ce n'est pas une raison pour les laisser de côté et ne pas les étudier.

** Hermaphrodite : qui porte en même temps des glandes sexuelles mâles et femelles.*

LE PROTOZOAIRE

J'ai pas été gâté par la nature.

LE PROTOZOAIRE

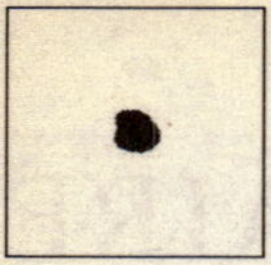

C'est le **modèle de base de l'être vivant**, sans accessoires. Le protozoaire est constitué d'une cellule, il n'a pas d'organes, on peut se dire qu'il n'a pas été gâté par la nature.

S'il a un fond mauvais, le protozoaire fait **amibe*** et passe sa vie à empoisonner les explorateurs. Le protozoaire est un animal de compagnie idéal pour ceux qui trouvent le chien trop exubérant.

* *Amibe : parasite de l'explorateur.*

LE VER

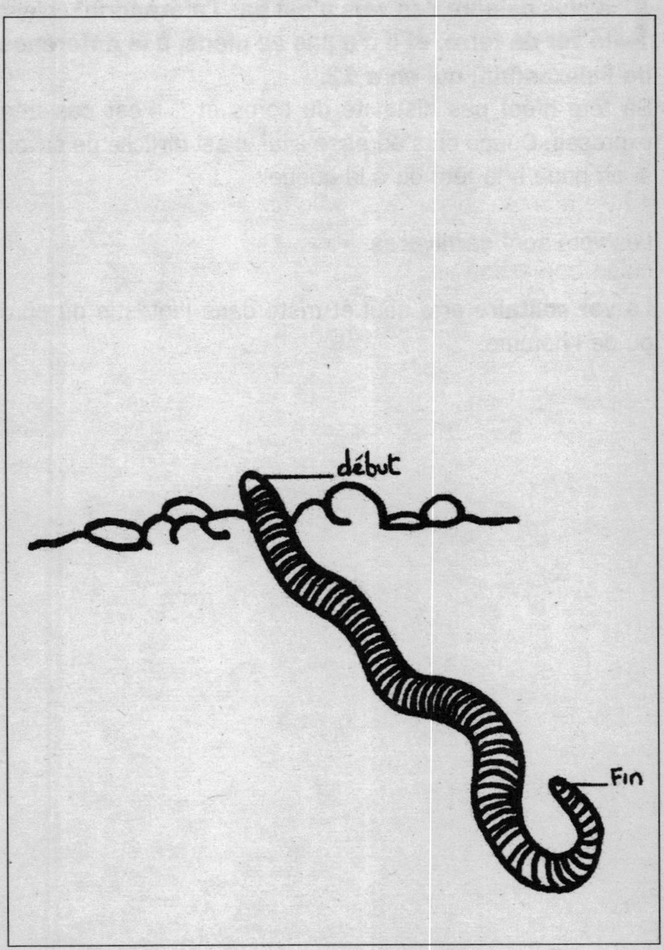

Difficile de savoir si on s'adresse à la tête ou à la queue.

LE VER

Le plus célèbre des vers n'est pas l'alexandrin*, c'est le ver de terre, et il n'a pas de pieds, à la différence de l'alexandrin, qui en a 12.
Sa tête n'est pas distincte du corps et il n'est pas très expressif. Quand on s'adresse à lui, il est difficile de savoir si on parle à la tête ou à la queue.

Les vers sont **carnivores.**

Le ver solitaire erre seul et triste dans l'intestin du porc ou de l'homme.

** Alexandrin : en poésie, vers à 12 pieds.*

LES CRUSTACÉS

Comme le garagiste, le crabe a des pinces sur lui.

LES CRUSTACÉS

On trouve les crustacés sur les plateaux de fruits de mer des grands restaurants. Ils sont de plus en plus difficiles à trouver dans la mer.

Le modèle de base est la crevette grise, puis la langoustine, la langouste, le homard et le crabe.

Les crustacés ont des antennes mais pas la télévision. Les crustacés ont plein de pattes (plus de cinq paires) et sont **carnivores**.

Comme l'automobile, le crustacé a une carrosserie très dure (en chitine). **Comme le garagiste, le crustacé a toujours des pinces sur lui.**

LES INSECTES

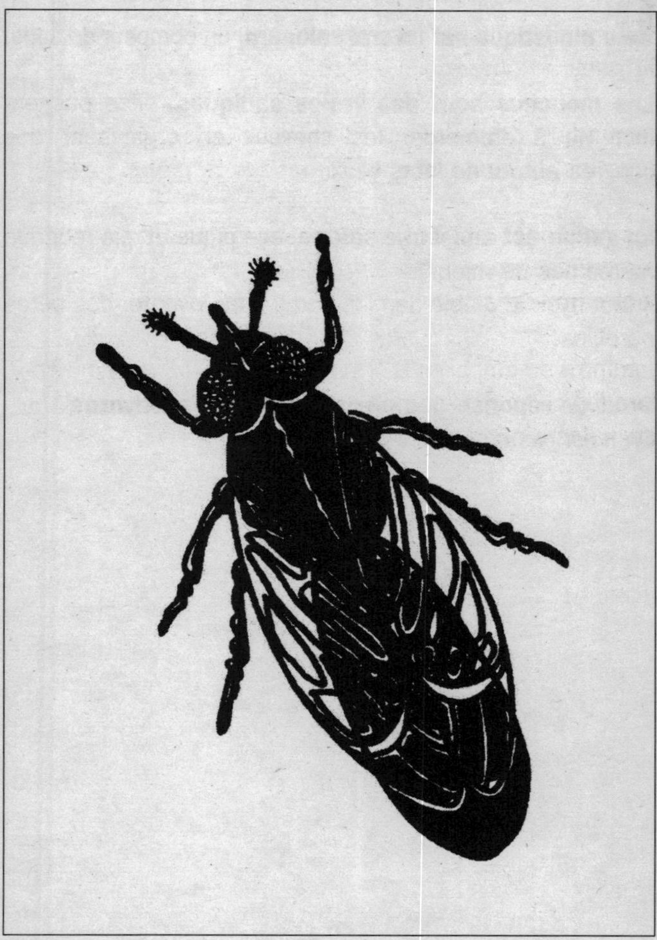

La mouche organise des congrès autour des yeux des chevaux.

Le moustique est un vrai salopard, un pompeur de sang.

Les mouches sont des vraies sadiques, elles passent leur vie à emmerder les chevaux en organisant des congrès autour de leurs yeux.

La guêpe est aussi une salope, elle pique et elle fabrique même pas de miel.
Il faut avoir le diable dans le corps pour inventer des bêtes pareilles.

Droit de réponse des oiseaux et des insectivores
On n'est pas d'accord.

LES MOLLUSQUES

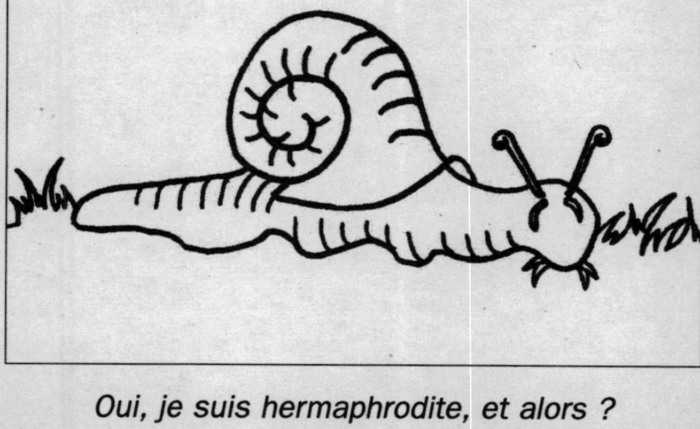

Oui, je suis hermaphrodite, et alors ?

Les mollusques ont le **corps mou.** Leur corps est souvent protégé par une **coquille.** (Un mollusque sans coquille serait comme un chevalier du Moyen Âge sans cuirasse.)

La plupart des mollusques vivent dans la mer **(huître, oursin, coquille Saint-Jacques)**.
Quelques-uns sont terrestres **(limace, escargot)**.

L'homme mange certains mollusques avec de la vinaigrette, de la mayonnaise et des frites.

L'HUÎTRE

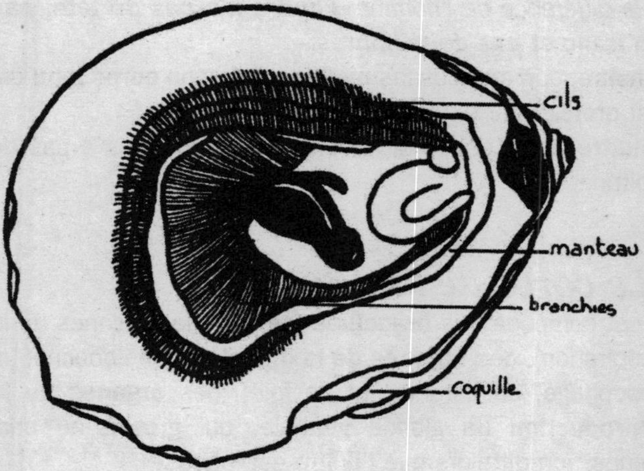

Sans ma coquille, j'ai l'impression d'être toute nue.

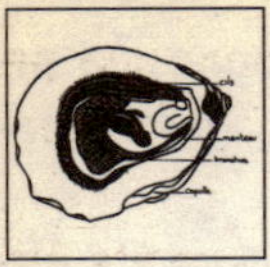

L'huître est un animal très renfermé, difficile à apprivoiser.

L'huître portugaise ne parle pas le français, **l'huître spéciale** est très spéciale, **l'huître-sabot de cheval** s'enfuit au galop (c'est la **fine de claire** la plus fine).

Les huîtres vivent en **tribus de 12 individus**, elles se réunissent pour les fêtes de fin d'année dans des huttes appelées **bourriches.**

*À la différence de l'homme, **l'huître n'a pas de tête, pas de tronc et pas de membres***.

L'huître, comme tous les **mollusques**, a un **corps mou** qui est protégé par une **coquille.**

L'huître plate est ainsi appelée parce qu'elle n'a pas de poitrine.

Le corps de l'huître

Il est composé des **branchies** (qui sont les organes de la respiration), des **organes de la digestion** (une bouche, un œsophage, un estomac et un foie), des **organes de la reproduction** (la glande génitale, qui grossit au printemps : on dit alors que l'huître est laiteuse).

Quelques prénoms d'huître : Gonzague, Bertrand, Lucas...

Le régime alimentaire de l'huître

L'huître se nourrit de l'eau de mer, dont elle extrait le **plancton**. Elle laisse sa coquille ouverte quand la mer est à marée haute et elle absorbe goulûment **12 litres d'eau de mer**.

À l'instar de la baleine, elle fonctionne comme une **passoire**. Elle ne retient que les éléments nutritifs contenus dans la mer.

Elle sécrète une sorte de **colle** qui englue les petits êtres vivants contenus dans l'eau de mer (le plancton), ensuite ses **cils**, par leurs battements, entraînent les petits êtres vivants vers sa bouche, et hop ! gobé, emballé.

« Voilà un repas que les Prussiens n'auront pas », dit l'huître en portugais.

La reproduction de l'huître

L'huître est un mollusque sédentaire, elle ne sort pas de chez elle.

En plus, **elle n'a pas de pieds, ce qui n'est pas de pot,** et, évidemment, elle ne peut pas faire de rencontres, ni plus si affinités.

Mais comme elle veut des enfants quand même, alors elle fait le mâle toute seule.

L'huître est alternativement mâle et femelle.

Quand elle est mâle, elle dépose dans la mer ses **spermatozoïdes** ; les huîtres devenues femelles aspirent quelques spermatozoïdes qu'elles **fécondent** et qu'elles rejettent dans la mer quand ils sont devenus des **larves**, en leur disant : **« Retourne chez ton père ! »**

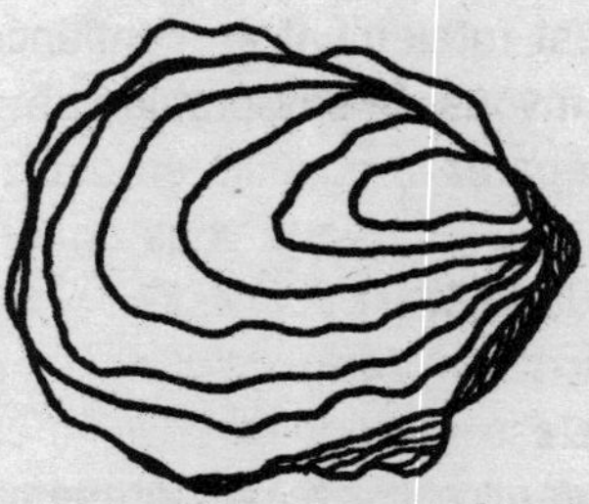

Huître qui boude

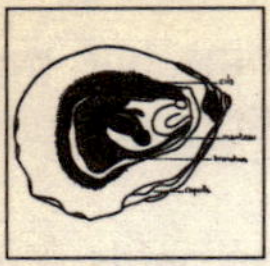

COURS DE RÉCRÉATION

Apprivoisons une huître

L'huître sauvage est apprivoisable, mais comme l'huître est un animal très secret, très renfermé, son apprivoisement est délicat.
Pourtant, avec un couteau et de la patience, vous pouvez espérer la voir s'ouvrir à vous et commencer le véritable dressage de l'animal.
Toutes les espèces d'huîtres ne sont pas également apprivoisables.
La spéciale est déconcertante, capricieuse, et les résultats de son dressage souvent décevants.
La portugaise nécessite la présence d'un interprète, ce qui dépersonnalise la relation entre elle et vous.
Choisissez donc la fine de claire, c'est la plus intelligente et la plus sensible, elle comprend tout malgré l'impassibilité trompeuse de sa coquille. C'est une présence discrète et silencieuse, elle vous tient compagnie le soir au coin du feu. Posez votre pied nu sur sa coquille, vous sentirez la franche rugosité dont sont faites les véritables amitiés.
Quand l'huître est totalement en confiance, elle ne craint pas de s'ouvrir à vous de ses problèmes. Profitez-en pour la gober, puis séparez la coquille en deux, posez les deux parties sur vos oreilles : vous vous endormirez en entendant le bruit de la mer.

• *Exercice*

Attention ! L'auteur a glissé volontairement des erreurs dans ce récit. Soulignez-les.

L'HOMME

Seul l'homme (quand il est à jeun) se tient droit sur la terre*.

Sa main est merveilleusement organisée pour jouer du piano, foutre des claques et manier les billets de banque, ce dont est incapable le cheval.

La jambe de l'homme est belle, surtout quand c'est une femme et qu'elle a un porte-jarretelles.

L'homme peut se plier facilement aux changements de climat et sa nourriture est très variée, il mange du « bifstèque » et des frites, tandis que les animaux d'une même espèce se nourrissent les uns de viande, les autres de végétaux.

Le lion, plutôt porté sur le bifstèque, est appelé **carnivore**, tandis que l'éléphant, plutôt porté sur les frites-salade, **herbivore**.

Malgré sa supériorité **l'homme reste proche de l'animal** : il est capable de se mettre en ménage avec une poule. Il se sauve comme un lapin, a une fièvre de cheval. Il peut être vache, ours, vrai pigeon, et quand il reprend du poil de la bête, un loup pour l'homme.

Aucun animal ne représente un ensemble aussi parfait. En un mot, l'homme est le chef-d'œuvre de la création, et il reste la plus noble conquête du cheval.

* *Le singe bonobo, espèce de chimpanzé, se tient debout lui aussi.*

L'HOMME
la plus noble conquête du cheval

Je me demande si on ne se fout pas de ma gueule.

LE SQUELETTE DE L'HOMME

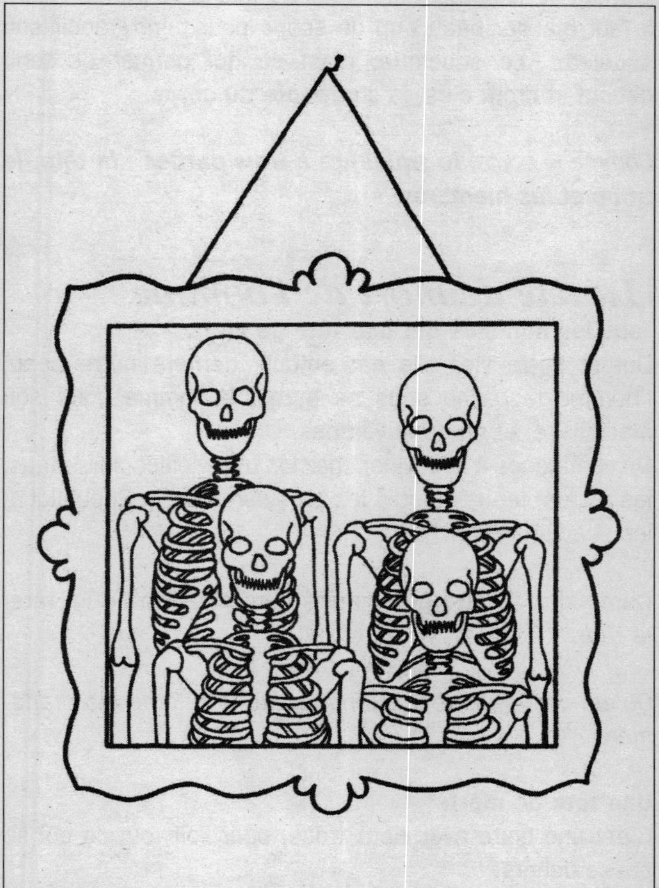

Souriez.

Tous les hommes ont un squelette : un petit squelette quand ils sont petits, un grand squelette quand ils sont grands, et seulement un squelette quand ils sont morts.
Il faut manger beaucoup de soupe pour faire grandir son squelette. Le squelette, c'est ce qui permet de tenir debout et droit, c'est la **charpente du corps**.

Comme le corps, ***le squelette a trois parties : la tête, le tronc et les membres.***

La tête de mort de l'homme

Tous les hommes ont une tête de mort.
Durant notre vie, elle est enfouie derrière notre peau, l'homme la cache sous sa barbe, la femme sous son maquillage, et on ne la voit pas.
On commence à la deviner chez les très vieilles personnes, les papes, les généraux, les présidents de la République, les académiciens...

Demandez à votre grand-mère l'autorisation de lui tâter la tête.

Qu'est-ce que je sens quand je tâte la tête de ma grand-mère ?

Une tête de mort.
C'est une boîte avec deux trous, pour voir tout ce qui se passe dehors.

Le tronc de l'homme

Examinons le tronc de Vanessa sans nous attarder sur les nichons*.

Il se compose d'un axe souple, la **colonne vertébrale**, sur laquelle s'attachent **12 paires de côtes** formant une cage dans laquelle le cœur bat des ailes. C'est la **cage thoracique.** La colonne vertébrale ressemble à un serpent articulé ; elle est formée par les **vertèbres**, qui sont séparées par des **disques élastiques.**

On distingue **24 vertèbres indépendantes** :

7 vertèbres cervicales, qui correspondent au cou ;

12 vertèbres dorsales, sur lesquelles s'articulent les côtes ;

5 vertèbres lombaires, qui correspondent aux reins.

L'homme possède aussi 9 vertèbres soudées, qui forment le **sacrum** et le **coccyx**, ou os du cul, parce que, comme la bouteille, l'homme a un cul qui termine son tronc.

Les membres de l'homme

L'homme a quatre membres. Il lui arrive d'en avoir moins quand il a fait la guerre. Il reçoit alors des médailles et une pension, et on l'appelle **invalide de guerre**.

** Nichon : nom affectueux donné au sein.*

Le membre supérieur de l'homme

Appelé supérieur parce que c'est avec lui que les inférieurs saluent leur supérieur. Il est composé de l'**omoplate** et de la **clavicule** (qui composent l'épaule et le relient au tronc) ; de l'**humérus** (c'est l'os du bras et c'est sur lui qu'est accroché le biceps) ; du **radius** et du **cubitus** (ce sont les os de l'avant-bras, le radius tourne autour du cubitus et permet la rotation de la main).

Le membre inférieur de l'homme

Appelé inférieur parce que c'est avec lui que les supérieurs foutent le pied au postérieur de leur inférieur.

Il est composé de l'**os du bassin** (qui correspond aux **hanches**) ; de l'**os de la cuisse**, le **fémur** (qui a un col comme la chemise) ; de l'**os du genou**, la **rotule** ; des **os de la jambe**, le **tibia** et le **péroné** ; et des petits os du pied.

Le membre inférieur sert aussi à la locomotion, mais il est de plus en plus remplacé par l'automobile, qui sert à la pollution.

LES MUSCLES DU CULTURISTE

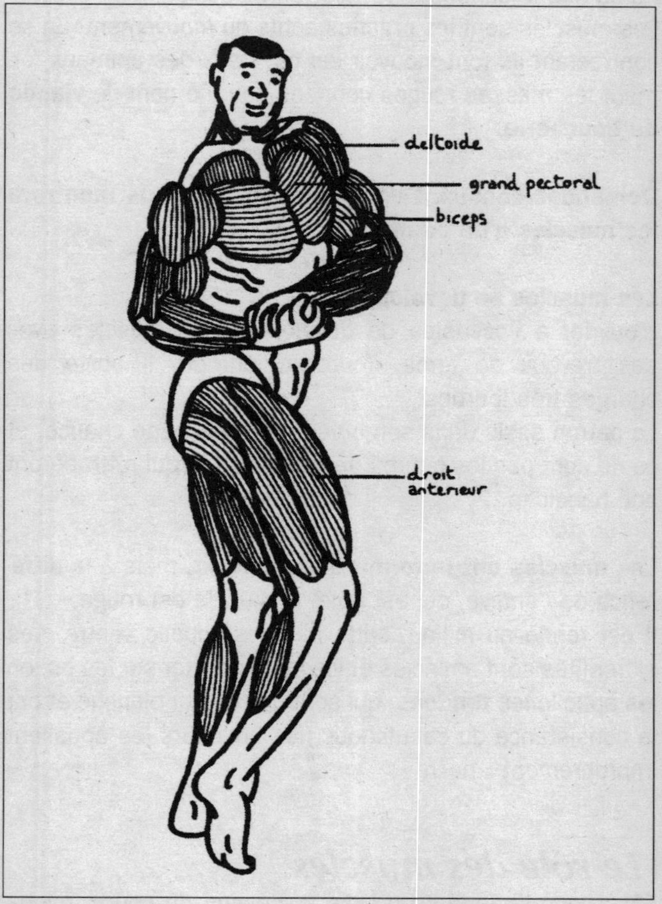

Viens le dire en face, que j'ai une petite tête.

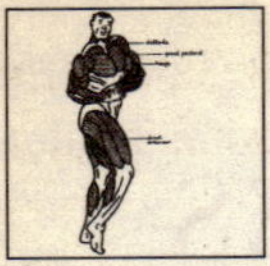

Pourquoi du culturiste ?

Parce que le culturiste est tout en muscles.

Les muscles sont les organes actifs du mouvement. En se contractant ils font mouvoir les os. Ceux des animaux forment les masses rouges connues sous le nom de **viande de boucherie**.

Demandez conseil à votre boucher : il vous montrera les muscles d'un bœuf.

Les muscles se développent.

L'ouvrier a l'occasion de développer ses muscles avec ses travaux de force. Toute la journée, il porte des charges très lourdes.

Le patron assis dans son bureau n'a pas cette chance, et ce ne sont pas les heures passées au golf qui rattraperont son handicap...

Les muscles ont la forme d'une endive, mais à la différence de l'endive, qui est pâle, le muscle est rouge.

Il est renflé au milieu, cette partie s'appelle ventre. Les extrémités sont amincies et viennent se fixer sur les os, on les appelle les **tendons**, qui sont de couleur blanche et ont la consistance du caoutchouc (les bouchers les appellent improprement « nerfs »).

Le rôle des muscles

Tâtez-vous l'intérieur du bras au-dessus du coude : vous sentez de la viande sous votre peau, c'est un muscle

qu'on appelle **biceps**, un muscle très utile. Il vous permet entre autres de donner des coups de poing dans la gueule de vos camarades.
Si votre bras est allongé, vous allez sentir de la **viande molle**, mais si vous pliez le bras, vous allez sentir de la **viande dure**.
Que s'est-il passé ?
Votre biceps s'est contracté, il s'est raccourci et durci tandis que votre bras se pliait : **le biceps est un muscle fléchisseur.**

Le culturiste passe sa vie à s'occuper de ses muscles, mais il laisse de côté son cerveau.

LES ORGANES DE L'EXPERT-COMPTABLE

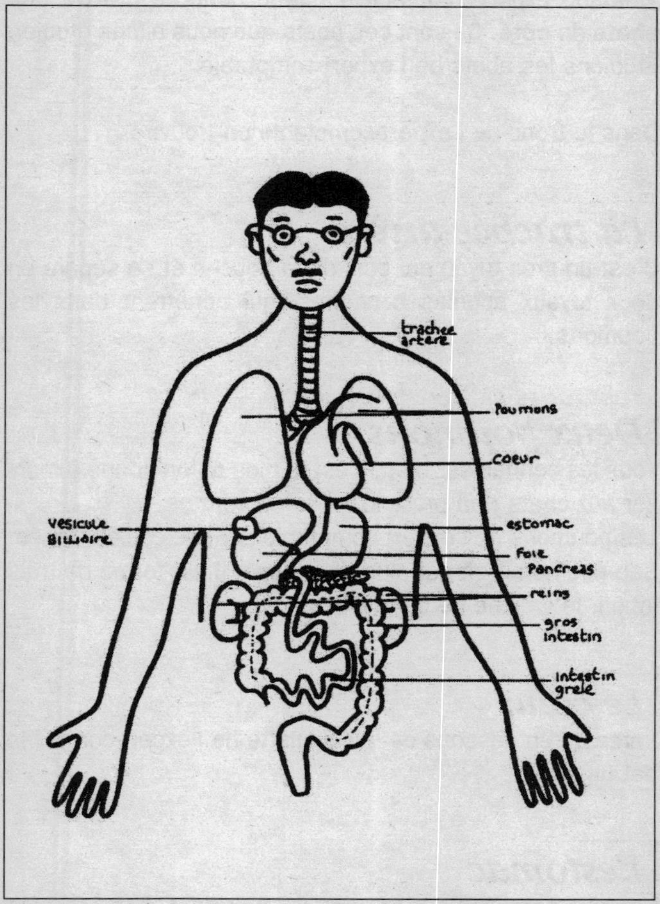

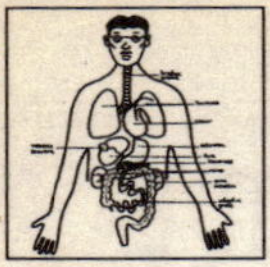

Vidons un expert-comptable pour voir ce qu'il y a dedans.

Videz un expert-comptable en ayant soin de **mettre ses abats de côté.** Ce sont ces abats que nous allons étudier. Étudions les abats de l'expert-comptable.

Dans le tronc de l'expert-comptable on trouve :

La trachée-artère

C'est un gros tuyau qui part de la bouche et se sépare en deux tuyaux appelés **bronches**, qui pénètrent dans les poumons.

Deux poumons

Vous les connaissez bien, c'est le mou qu'on donne à manger aux chats ; on prétend qu'ils adorent ça.

Les poumons de l'expert-comptable sont de couleur rosée. Son poumon droit est plus développé, il est formé de trois lobes, le gauche de deux lobes.

Le cœur

Parce qu'en dessous de la calculette de l'expert-compable bat un cœur.

L'estomac

L'expert-comptable n'est pas un ruminant, son estomac est une espèce de sac avec une seule cavité. Il peut conte-

nir deux litres de liquide.
Demandez de tâter le gros ventre de votre papa quand il rentre le soir après une bonne journée de travail.

Qu'est-ce que je sens quand je tâte le gros ventre de mon papa ?
Un estomac. Il est rempli de bière si vous habitez au nord de la France, de vin si vous habitez au sud.

Le foie, avec sa vésicule biliaire
C'est l'organe préféré du chat.

Les reins (rognons pour les intimes)
Ils ont la forme de gros haricots rouge foncé.

Le pancréas
Il sécrète le suc pancréatique.

L'intestin grêle
Long tuyau de 8 mètres.

Le gros intestin
Gros tuyau de 1 mètre 50.

Le son de l'expert-comptable : comme vous, il pète et rote.

L'APPAREIL RESPIRATOIRE DE L'EXPERT-COMPTABLE

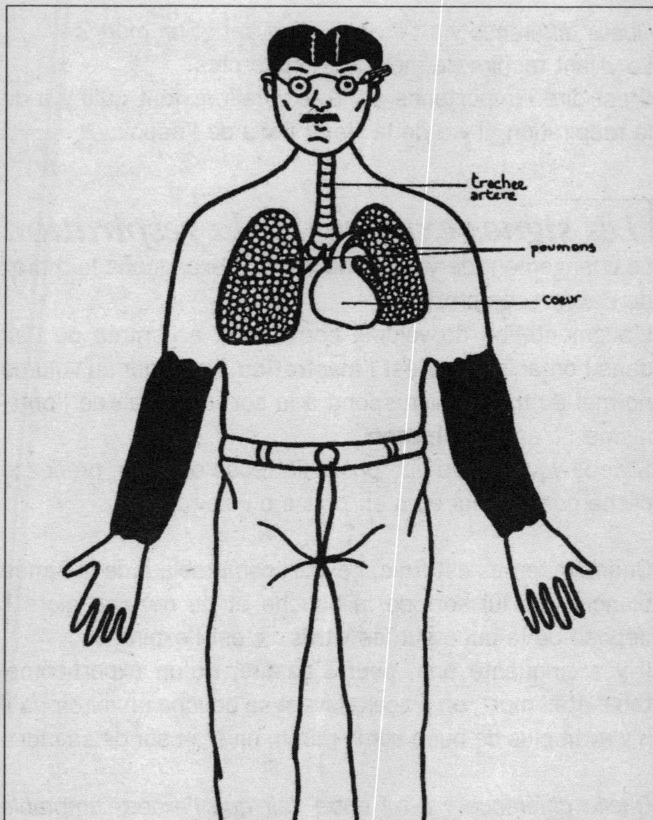

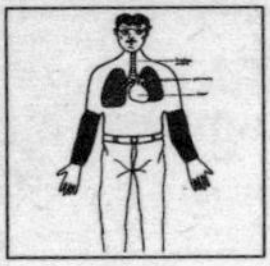

Pourquoi encore l'expert-comptable ?
Parce que l'expert-comptable est une personne très sérieuse et digne de confiance.

Quelle différence y a-t-il entre un vivant et un mort ?
Le vivant respire, le mort ne respire plus.
C'est dire l'importance de la respiration. Tant qu'il y a de la respiration, il y a de la vie et il y a de l'espoir.

Les signes externes de la respiration

Le changement de volume du thorax : examinons le thorax de l'expert-comptable.
L'augmentation de volume correspond à l'entrée de l'air dans l'organisme : c'est l'**inspiration**. Le retour au volume normal du thorax correspond à la sortie de l'air de l'organisme : c'est l'**expiration**.
Si vous voulez faire une photo flatteuse de vous, prenez le cliché quand vous êtes en phase d'inspiration.

Quand le temps est froid, l'expert-comptable a de la fumée blanche qui lui sort de la bouche et du nez, ou alors il dépose de la buée sur les vitres : c'est l'expiration.
Il y a cinquante ans, pour s'assurer qu'un expert-comptable était mort, on plaçait devant sa bouche un miroir : s'il n'y avait plus de buée sur le miroir, on était sûr de sa mort.

Quelle différence y a-t-il entre l'air que l'expert-comptable inspire et l'air que l'expert-compable expire ?
L'air que l'expert-comptable **inspire** est composé d'**oxy-**

gène, d'**azote** et de **dioxyde de carbone**.
L'air que l'expert-comptable **expire** contient moins d'oxygène, mais plus de **dioxyde de carbone** et de **vapeur d'eau**.

Mais alors, qu'est devenu l'oxygène qui manque ?
L'air rentre par les narines de l'expert-comptable. Il passe dans la **trachée-artère** puis dans les poumons.
C'est à travers la paroi très fine des **alvéoles pulmonaires** que l'oxygène passe dans le sang et que le dioxyde de carbone du sang passe dans l'air que l'expert-comptable rejette à l'extérieur, comme l'automobile rejette ses gaz d'échappement.

Pourquoi, à Paris, y a-t-il des jours où il est conseillé de ne pas respirer ?
Parce qu'il y a trop d'experts-comptables qui respirent en même temps, **ils nous pompent l'air**.

LA CIRCULATION DU SANG DU PLOMBIER

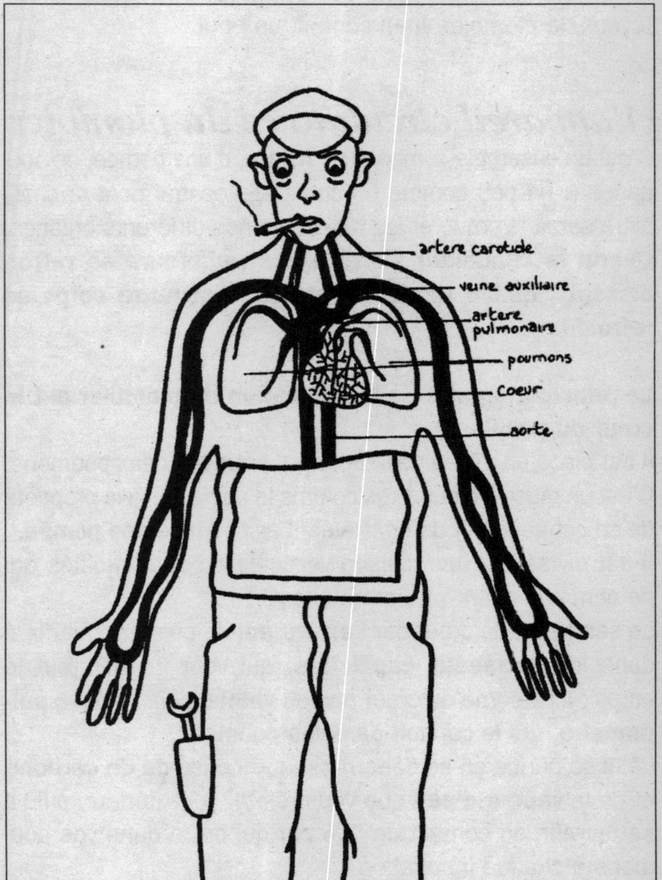

Question tuyaux, j'en connais un bout.

LA CIRCULATION DU SANG DU PLOMBIER

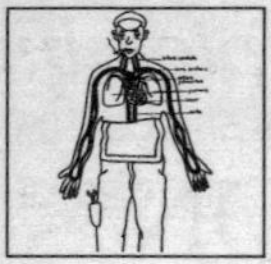

Pourquoi du plombier ?

Parce que le sang circule par des tuyaux et que question tuyaux, le plombier, il en connaît un bout.

L'appareil circulatoire du plombier

C'est un ensemble composé de tuyaux, d'une pompe, de soupapes... un peu comme un chauffage central dont la chaudière serait le cœur, et les radiateurs nos différents organes. **Quand la chaudière s'arrête, les radiateurs se refroidissent ; quand le cœur s'arrête, tout notre corps se refroidit.**

Le principal organe de la circulation du plombier est le cœur du plombier.

Il est placé au milieu de la poitrine, entre les deux poumons. C'est un muscle creux, gros comme le poing, qui a la propriété de se contracter et de se dilater. Il agit comme une **pompe**.

Il est divisé par une cloison verticale en deux moitiés qui ne communiquent pas entre elles.

Le sang sort du cœur par l'**artère aorte**, puis est distribué dans les **vaisseaux capillaires**, qui vont irriguer tout le corps ; il retourne au cœur par les **veines** puis l'**artère pulmonaire**, qui le conduit dans les poumons.

Là, il se purifie en se débarrassant du **dioxyde de carbone** et de la **vapeur d'eau** que vous rejetez à l'extérieur, puis il se revivifie au contact de l'air pur qui entre dans vos poumons à chaque inspiration.

Les artères et les veines du plombier

Ce sont des tuyaux. Quand ils sont entartrés, ça fait un **infarctus**, et quand ils sont percés, ça fait une fuite qu'on appelle **hémorragie**.

Demandez à votre maman de lui tâter les jambes le soir quand elle retire ses bas.

Que sentez-vous quand vous tâtez les jambes de votre maman ?
Des **varices** : ce sont des veines qui ont gonflé à cause de la fatigue. Pauvre maman.

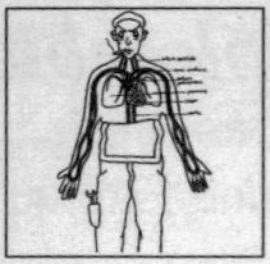

COURS DE RÉCRÉATION

La reproduction des radiateurs

La chaudière est la mère de tous les radiateurs, c'est elle qui les tient au chaud. Elle reste sédentaire, tandis que le père est nomade et polygame. Il parcourt les routes avec son gros ventre rempli de mazout. Sa vie sexuelle est frénétique.

Chaque année avant l'hiver, le mâle vient copuler avec la chaudière.

Ceci se passe sans tendresse aucune, le mâle déroule un sexe long de plusieurs mètres, qu'il plonge dans la cuve de la chaudière pour la remplir de mazout.

Puis il repart, sans même un petit baiser, à la recherche de nouvelles chaudières. La chaudière, un peu déçue, s'occupe alors de son foyer.

Ainsi, la gestation commence. De grands germes sortent de la chaudière, un peu comme d'une pomme de terre. Au bout de chaque germe apparaît un petit radiateur tiède que l'on a plaisir à caresser par les grands froids.

La chaudière est une maman exemplaire. Elle veille nuit et jour pour que ses petits radiateurs aient chaud.

Avec le temps les petits radiateurs deviennent de grands radiateurs, mais ils restent toujours très attachés à leur maman.

À l'âge de l'adolescence, ils ne manifestent pas le désir de quitter le foyer. Ils restent vieux garçons et ne se marient jamais.

Ce sont des êtres taciturnes, il est très difficile de savoir à quoi pense un radiateur.

Quand la maman chaudière meurt, ils ne lui survivent pas longtemps, ils se refroidissent très vite.

• *Exercice*

Attention ! Ce texte contient plusieurs erreurs. Trouvez-les.

L'APPAREIL DIGESTIF DU GENDARME

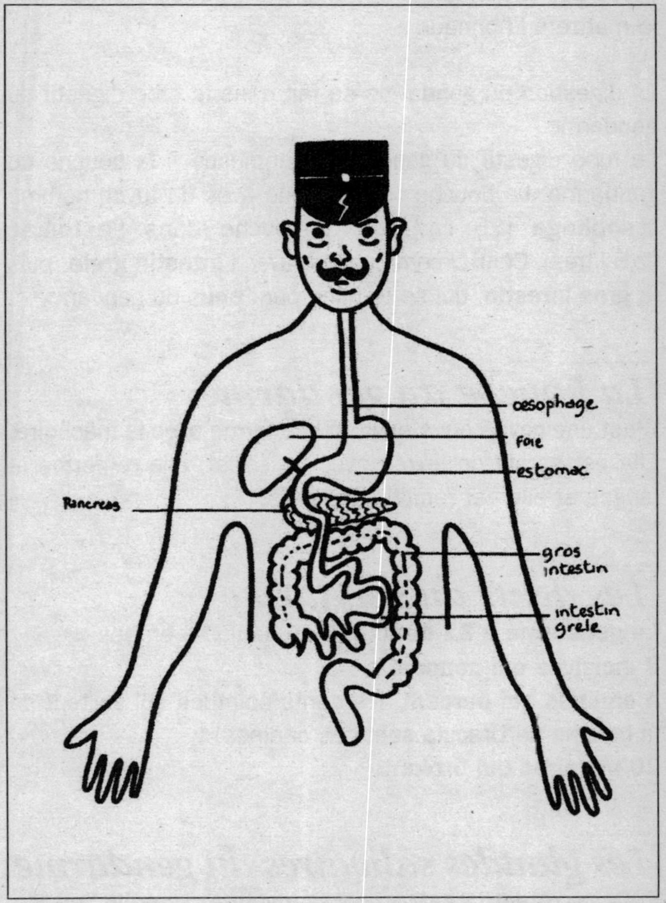

Appareil digestif avec képi.

L'APPAREIL DIGESTIF DU GENDARME

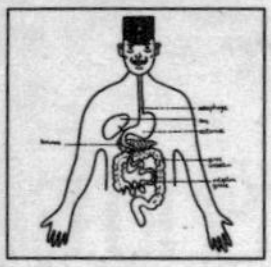

Pourquoi du gendarme ?
Parce que le gendarme est un brave type, et il faut parfois le mettre à l'honneur.

La digestion du gendarme se fait dans le tube digestif du gendarme.
Le tube digestif du gendarme commence à la bouche du gendarme. La bouche communique avec un tuyau nommé **œsophage** (25 cm), qui débouche dans l'**estomac** (2,5 litres). Celui-ci communique avec l'**intestin grêle**, puis le **gros intestin**, qui se termine par l'**anus** du gendarme.

La bouche du gendarme

C'est une cavité qui s'ouvre ou se ferme avec la mâchoire. Elle est garnie de lèvres avec un sifflet, elle renferme la langue et elle est remplie de dents.

Les dents du gendarme

Le gendarme a 32 dents, 16 en haut, 16 en bas :
8 incisives qui coupent ;
4 canines qui percent (les dents pointues qui sortent de la bouche de Dracula sont des canines) ;
20 molaires qui broient.

Les glandes salivaires du gendarme

Elles sécrètent la **salive**, qui humecte et **ramollit les aliments** qui ont été broyés par les dents.

Le foie et la vésicule biliaire du gendarme

La vésicule biliaire sécrète la **bile**, liquide verdâtre qui aide à la **digestion des graisses.**

Les reins du gendarme

Ils fonctionnent comme une station d'**épuration du sang**, les déchets étant rejetés dans le pipi du gendarme.

Le pancréas du gendarme

Il sécrète le **suc pancréatique**, qui **dissout les graisses** des aliments.

L'estomac du gendarme

L'estomac est une grosse poche dans laquelle les aliments sont malaxés avec le **suc gastrique**, puis transformés en une **bouillie** qui passe dans l'**intestin grêle.**

L'intestin grêle du gendarme

L'intestin grêle est un long tuyau de 8 mètres enroulé dans le ventre.

Il transporte les aliments que le suc pancréatique et la bile viennent dissoudre.

C'est au niveau de sa paroi que les éléments nutritifs passent dans le sang.

Le gros intestin du gendarme

C'est un gros tuyau court **(1,5 m)**.

Il transporte tout ce qui reste des aliments une fois retirés

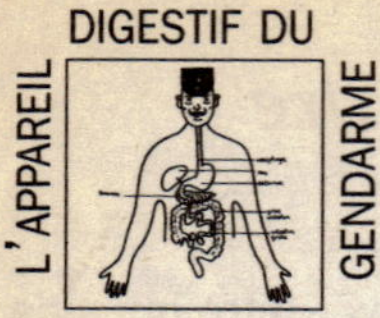

les éléments nutritifs, c'est-à-dire les noyaux de cerise, les pépins, les épluchures, etc.

Il les conduit jusqu'à l'**anus**, qui les envoie « aux chiottes* ».

* *Chiottes : traduction du mot anglais* water closet.

LE SYSTEME NERVEUX DU CULTURISTE

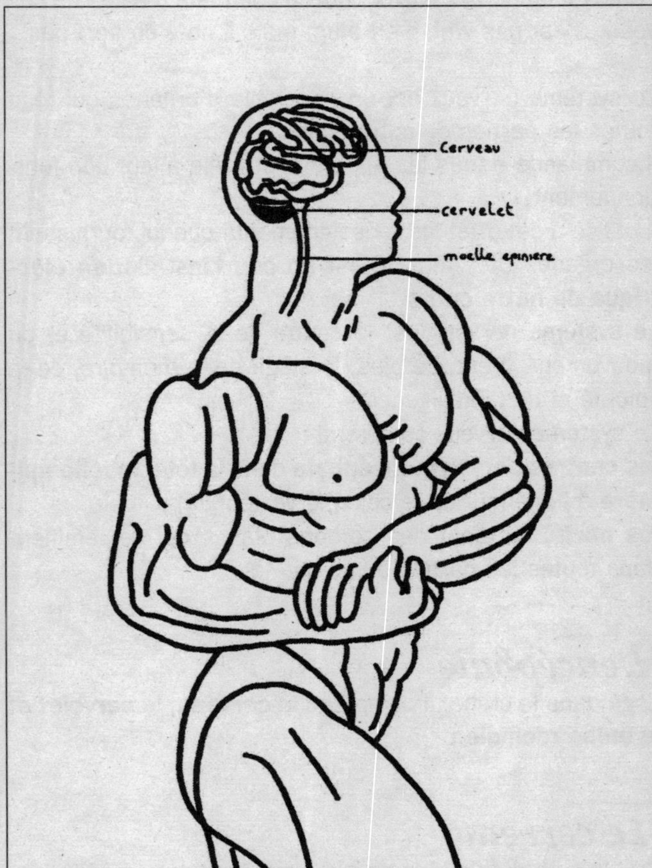

Ah ! si j'avais le cerveau aussi gros que mes pectoraux !

LE SYSTÈME NERVEUX DU CULTURISTE

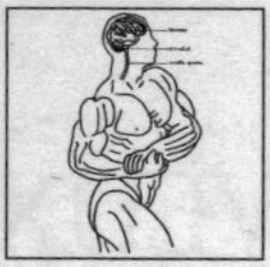

***P**ourquoi du culturiste ?*

Parce qu'on pense souvent que le culturiste n'a pas de cerveau. C'est pas vrai, il en a un, mais il ne s'en sert pas.

Le système nerveux est un ensemble d'organes qui régit toutes les parties de notre corps.
Il commande à tous les appareils et veille à leur bon fonctionnement.
Il utilise à cet effet les renseignements que lui fournissent les organes des sens. C'est un peu **l'installation électrique de notre corps**.
Le système nerveux est le centre de la sensibilité et du mouvement. Il est, de plus, le siège de la mémoire, de la volonté et de l'intelligence.
Le système nerveux comprend :
les centres nerveux (**encéphale** dans la tête, **moelle épinière** à l'intérieur de la colonne vertébrale) ;
les nerfs, qui sont des cordons blancs qui se ramifient dans toutes les parties du corps.

L'encéphale

Logé dans le crâne, il comprend le **cerveau**, le **cervelet** et le **bulbe rachidien**.

Le cerveau

Oui, le culturiste a bien un cerveau. C'est une masse molle et blanchâtre dont la surface est couverte de replis ondulés. Le cerveau est le siège de l'intelligence. **L'homme est le**

plus intelligent des animaux, il est le seul à regarder la télévision, qui lui permet de développer son intelligence. Tout le monde a un cerveau, mais beaucoup ne le savent pas et, de ce fait, ne s'en servent pas. L'automobiliste qui traverse un village à 120 km/h se sert de son **accélérateur**, pas de son **cerveau**.

La moelle épinière

C'est un gros **cordon blanc** situé à l'intérieur de la **colonne vertébrale** et qui court depuis le **tronc occipital** jusqu'aux **dernières vertèbres**.

Les nerfs

Ce sont des filets d'un blanc brillant partant de l'encéphale et de la moelle épinière.
Ils sont capables de transmettre aux centres nerveux les impressions venant des organes des sens, et aux muscles les ordres de mouvement venant des centres nerveux.

Exercice

Citez 5 personnes qui ne se servent pas de leur cerveau :

1 : ....

2 : ....

3 : ....

4 : ....

5 : ....

LES 5 SENS DE L'HOMME PLUS 1

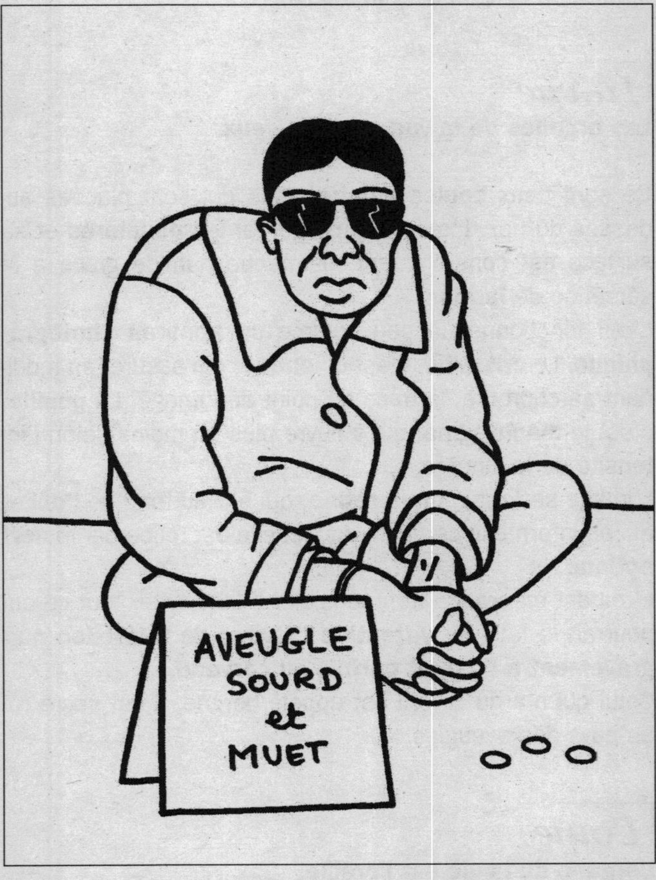

Combien me reste-t-il de sens, sachant que je n'ai pas perdu le sens de l'humour ?

LES 5 SENS DE L'HOMME PLUS 1

L'homme normal possède cinq sens : la vue, l'ouïe, le goût, l'odorat, le toucher, et parfois le sens de l'humour (pas obligatoire, mais utile).

La vue

Les organes de la vue sont les yeux.

Ce sont deux **boules gélatineuses** qui sont placées au-dessus du nez. L'œil est protégé par les **paupières** et sa surface est constamment maintenue humide grâce à la sécrétion de **larmes.**

L'œil fonctionne un peu comme un **appareil photographique.** Le **cristallin**, c'est la **lentille**, qui assure, en modifiant sa courbure, la mise au point de l'image. La **pupille**, c'est le **diaphragme**, qui s'ouvre plus ou moins selon l'intensité de la lumière.

L'image se forme sur la **rétine**, qui est au fond de l'œil et qui en informe le cerveau, auquel elle est reliée par le **nerf optique.**

L'œil est un organe très sensible. Il faut éviter tout ce qui pourrait le fatiguer. **Attention ! L'abus de télévision nuit gravement à l'œil, et parfois au cerveau.**

Celui qui n'a qu'un œil est appelé borgne, il est sacré roi au pays des aveugles.

L'ouïe

L'organe de l'ouïe est l'oreille.

La partie interne de l'oreille est plus importante que la par-

tie externe, appelée pavillon.
Ainsi, Van Gogh*, qui s'était coupé le pavillon, n'est pas devenu sourd.

L'**oreille interne** est constituée par le **conduit auditif**, qui est fermé par une sorte de peau de tambour nommée le **tympan.**

Le **nerf auditif**, qui se ramifie dans le tympan, nous permet d'entendre les bruits du monde.
L'oreille est fragile. **Attention ! L'abus du Walkman et des concerts rock nuit gravement à l'oreille.**

La propreté veut qu'on se lave les oreilles tous les jours et il est bon, une fois par semaine, d'ôter le **cérumen**** qui se forme dans le conduit auditif.
On ne doit jamais se servir d'une allumette, dont le bout phosphoré peut s'enflammer dans l'oreille et **mettre le feu à votre tête**.

L'odorat

L'organe de l'odorat est le nez.

Il est composé de deux cavités, les **fosses nasales**, au fond desquelles se ramifie le **nerf olfactif**.
L'odorat est plus développé chez les sauvages et les chiens de chasse que chez l'homme civilisé, qui utilise du déodorant. (Le déodorant est à l'odorat ce que la boule Quiès est à l'ouïe.)

Il ne faut jamais s'introduire des haricots ou des pommes de terre dans le nez.

** Van Gogh : peintre hollandais (1853-1890), il a regardé le soleil en face.*
*** Sorte de cire humaine qui se forme dans le tuyau de l'oreille.*

Le toucher

L'organe du toucher est la peau.

C'est une enveloppe qui entoure le corps, mais qui, heureusement, est **percée de plusieurs trous.**
La peau est parcourue par des **terminaisons nerveuses** qui nous rendent sensibles les impressions de chaud, de froid, de dur, de mou...

Le goût

L'organe du goût est la langue, qui est recouverte d'une membrane muqueuse hérissée de petites éminences. Elle contient les **papilles gustatives.**
Attention ! Ne jamais donner sa langue au chat.

L'humour

L'organe de l'humour est vraisemblablement logé dans le cerveau.

La science actuelle n'est pas en mesure de le situer exactement.
Il doit s'agir d'une **petite perle** qui brille nuit et jour et qui nous aide à bien supporter le jour et la nuit.

Exercice

Calculez le nombre de trous dont est percée votre peau. (Ne comptez pas les ***pores*** ** dans votre calcul.)*

** Pores : petits trous dont est percée la peau et par lesquels s'échappe la sueur.*

LA REPRODUCTION CHEZ LES HOMMES

Je ne vois rien, ils ont éteint la lumière.

LA REPRODUCTION CHEZ LES HOMMES

Quand l'homme a acheté sa salle à manger, son magnétoscope et sa voiture, il appelle sa femme et lui propose la reproduction. La femme retire son tablier et ils vont s'étendre dans la chambre à coucher.
« Comment va-t-on l'appeler ?
– Moi, si c'est un garçon, je voudrais l'appeler Kevin, dit la femme.
– Moi, je voudrais l'appeler Maurice comme mon père, dit l'homme, mais on a le temps d'y penser (en effet, ils vont avoir neuf mois pour réfléchir) » et il éteint la lumière.
Ensuite, on entend des bruits de baisers.

Allumons la lumière pour savoir ce qui se passe.
Ils sont tout nus. Le père s'est allongé sur la mère et il a mis **son zizi dans la zézette** de la mère, et alors tous ses **spermatozoïdes** sont entrés dans le ventre de la mère, où ils ont rencontré un **ovule.**
Un spermatozoïde plus malin que les autres a réussi à entrer dans l'ovule de la mère pour faire un œuf : cela s'appelle la **fécondation**.
Le père et la mère sont tout rouges, en sueur et un peu fatigués, mais ils ont l'air très contents de ce qu'ils viennent de faire.
Cet œuf va grossir, devenir un **embryon**, et **neuf mois plus tard** un petit homme va sortir en criant par la zézette de la mère.
Ils l'appelleront Kevin-Maurice ou Meryl-Gisèle, ils seront très heureux, ils achèteront des dragées, et la mère lui donnera à boire le lait tiède qu'elle tient au chaud dans ses nichons.
L'homme est donc un mammifère vivipare, il se reproduit avec plaisir. Comme tous les animaux mammifères vivipares, qui, à la différence de l'homme, n'attendent pas d'avoir un magnétoscope pour faire des petits.

La reproduction des rugbymen

Les rugbymen sont grands, près de 2 mètres au garrot, costauds et ovipares. Leur reproduction s'effectue le dimanche, en public, à l'heure des vêpres, au milieu d'une foule déchaînée. Les rugbymen se rassemblent en tas au milieu du terrain : on appelle cela une mêlée. Au bout d'un moment, on voit sortir, de dessous la mêlée et entre les jambes des joueurs, un œuf : c'est la pondaison.

L'œuf est aussitôt saisi vigoureusement par le pondeur, qui l'emmène pour échapper à la jalousie des autres joueurs, qui auraient bien voulu, eux aussi, avoir pondu. Certains vont jusqu'à donner des coups de pied dans l'œuf.

Il est très émouvant de voir le pondeur tenir l'œuf serré sur son cœur. Il le défend au péril de sa vie. Un rugbyman qui vient de pondre retrouve les instincts sauvages des ovipares. Il tuerait pour protéger son œuf. On assiste ainsi à des scènes d'une violence inouïe.

Quelquefois, lorsqu'il sent l'œuf en péril, un arbitre, habillé en noir, siffle et prend lui-même l'œuf, qu'il confisque et va poser en lieu sûr.

Une portée de rugbyman ne compte jamais qu'un exemplaire, puisque les rugbymen ne pondent qu'un œuf à la fois.

Exercice

Attention ! L'auteur a glissé volontairement des erreurs dans ce texte. Trouvez-les.

Le rugbyman est-il vivipare ou ovipare ?

LA BOTANIQUE
ou plus simplement l'étude des plantes

L'HOMME ET LE MONDE VÉGÉTAL

L'homme entretient des rapports ambigus avec le monde végétal.

Il se sent évidemment plus proche de l'animal que du végétal.
L'homme se promène plus volontiers avec son chien qu'avec un poireau, mais il adore se promener avec une « belle plante », et dans sa soupe il préfère le poireau.
Devant le végétal, souvent, l'homme ramène sa fraise. Il se croit supérieur au légume.
Il appelle « légume » l'homme qui a perdu la tête, mais l'homme appelle la femme qu'il aime « mon chou ».
L'homme inquiet a toujours peur de recevoir un pot de géranium sur la tête, mais la femelle de l'homme adore recevoir des fleurs.

Quand on sait que l'homme peut avoir des oreilles en feuille de chou, le nez qui bourgeonne, être grand comme une asperge, con comme un cornichon et avoir des oignons aux pieds, on se dit que le monde végétal n'est pas très éloigné du monde animal et qu'**animaux et végétaux sont dans le même bateau**.

Nous avons étudié ensemble le monde animal. Étudions maintenant le monde végétal, car ce n'est pas parce que les végétaux sont des êtres plus discrets que les animaux qu'il faut les oublier.

L'HOMME ET LE MONDE VÉGÉTAL

Comme nous, ils naissent, ils grandissent et ils meurent ; comme nous, ils ont des sentiments, ils souffrent.

Alors prêtons l'oreille au cri de la salade qu'on arrache à sa terre natale.

La reproduction des jardiniers

Quand le jardinier dit à la jardinière : « Tu viens, mon chou ? » on peut penser que la reproduction est proche.
Quand la jardinière répond : « Non, mon chou », on peut penser que c'est pas dans la poche du jardinier, et que le jardinier va pouvoir encore garder un moment les petites graines qui lui gigotent par tout le corps.
Si d'aventure la jardinière dit oui et que le jardinier a terminé ses semis, le jardinier ensemence la jardinière. On met alors la jardinière au chaud dans une serre à côté des tomates de Hollande, et la jardinière se met à grossir comme les tomates.

Neuf mois plus tard, on envoie la jardinière à la maternité. Le jardinier, qui a essuyé la terre de ses sabots pour entrer à la maternité, toute blanche, attend dans le couloir.
Quand l'infirmière sort de la salle d'opération, elle annonce au jardinier : « C'est un chou. »
Le jardinier ému s'écrie alors : « On l'appellera Bernard », puis il retire ses sabots et entre à pas de loup dans la chambre.
La jardinière tient le chou sur son ventre, le jardinier embrasse sa femme et le chou, puis une à une il retire les feuilles du chou en effeuillant des mots d'amour : « Je t'aime, un peu, beaucoup, passionnément… »

Avant le « pas du tout », il est arrivé au cœur du chou, où se trouve un gros bébé joufflu, beau comme un cœur, avec des joues rouges comme des tomates, de grosses cuisses comme des courgettes, de jolis petits doigts violets comme des asperges et un gros derrière doré comme un potiron.

Exercice

Attention ! L'auteur a glissé volontairement des erreurs dans ce texte. Trouvez-les.

LE BLÉ

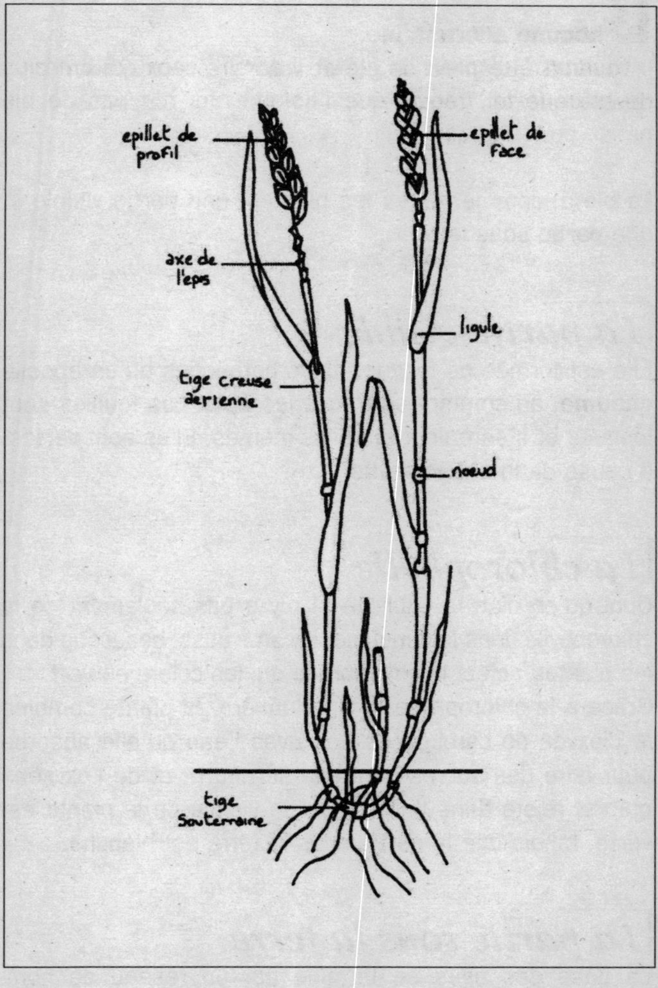
epillet de profil
epillet de face
axe de l'epis
ligule
tige creuse aerienne
noeud
tige Souterraine

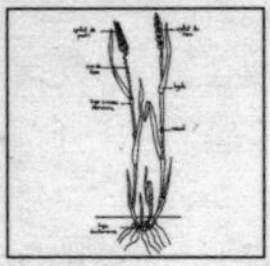

L'homme adore le blé.
Il voudrait être plein de blé et il admire ceux qui ont plus de blé que lui, tandis que l'homme qui n'a pas de blé passe pour un con.

Le blé a, comme toutes les plantes, une partie visible et une partie sous la terre.

La partie visible

Elle est formée de longues tiges herbacées qu'on appelle **chaume**, au sommet on trouve les **épis**. Les feuilles sont longues et s'enroulent sur elles-mêmes. Elles sont vertes, à cause de la **chlorophylle**.

La chlorophylle

Quoi qu'en dise la publicité, il n'y a pas seulement de la chlorophylle dans le dentifrice, il y en a aussi beaucoup dans les plantes : c'est la chlorophylle qui les colore en **vert**.
Grâce à la chlorophylle et à la lumière, la plante combine le dioxyde de carbone de l'air avec l'eau qu'elle absorbe pour faire des sucres dont elle se nourrit et de l'oxygène qui est rejeté dans l'air. La partie visible de la plante est verte, tandis que la partie sous la terre est blanche.

La partie sous la terre

La base des tiges se termine par un réseau de nombreuses **racines adventives**.

La fleur

Un épi est composé d'**épillets** qui comptent environ **cinq fleurs**.

Chaque fleur se compose de **trois étamines** et d'**un pistil**, formé de l'**ovaire** qui contient **un ovule**.

Lors de la fécondation, le pollen des étamines tombe sur l'ovaire, qui grossit et devient un grain de blé.

Le meunier, quand il est réveillé, écrase le grain de blé qui ne lui a rien fait. Il recueille la farine dans des sacs et la vend au boulanger qui fait votre pain. Ayons une petite pensée pour le grain de blé chaque fois que nous croquons une tartine.

Le blé appartient à la **famille des graminées**.

Plantes de la famille des graminées

L'avoine

Le seigle

L'orge

Le maïs

Le chêne : parti de rien, d'un petit gland de rien du tout, le chêne s'élève à 35 mètres après 200 ans.

LA TULIPE

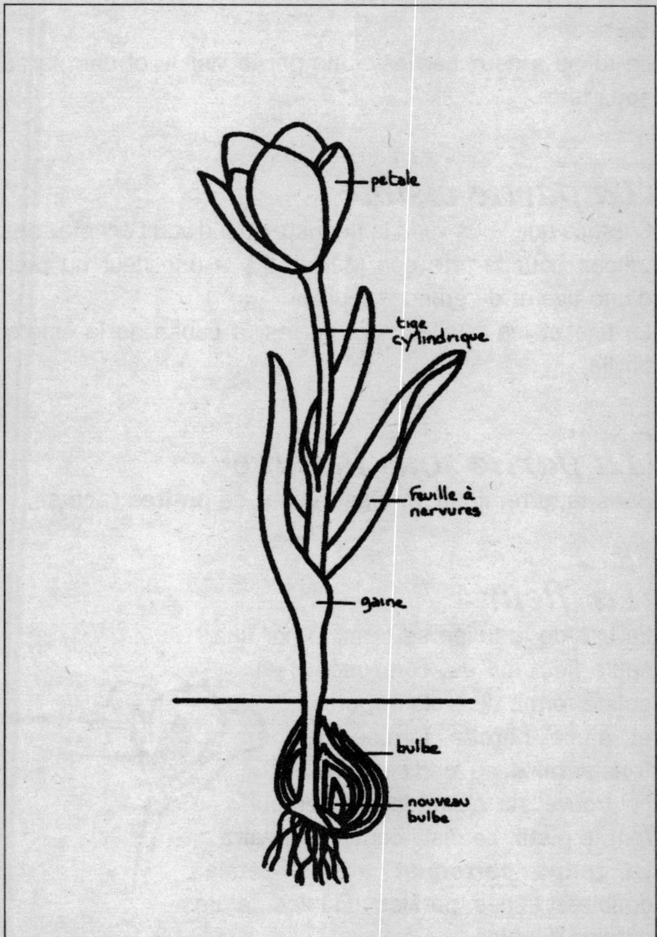

Mon avenir, je l'ai dans l'oignon.

LA TULIPE

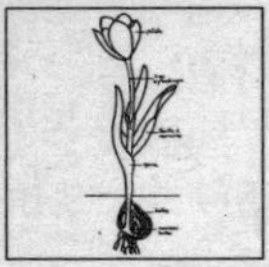

La tulipe est souvent hollandaise, mais elle n'a pas de sabots.
La tulipe a deux parties : une partie visible et une partie sous terre.

La partie visible

C'est ce que vous vend la fleuriste quand vous achetez des tulipes pour la fête des Mères. Il y a une fleur au bout d'une tige et de grandes feuilles.
La tige et les feuilles sont vertes, à cause de la chlorophylle.

La partie sous la terre

Sous la terre, il y a un **oignon** avec de **petites racines**.

La fleur

La tige de la tulipe se termine par une seule fleur qui est composée d'un **calice** formé de **trois sépales** et d'une **corolle** formée de **trois pétales**, au fond de laquelle on trouve **six étamines** qui entourent le **pistil**. Le pistil contient l'**ovaire**.

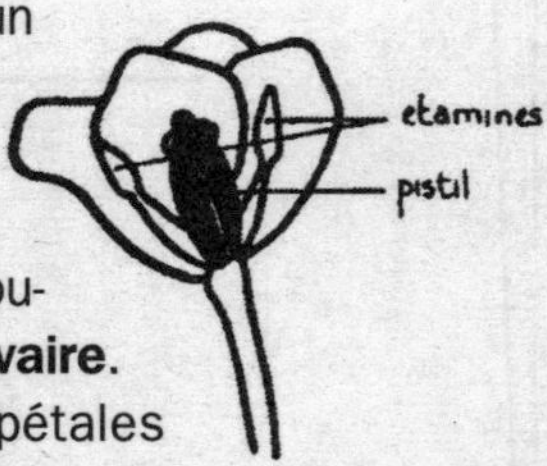

La **tulipe perroquet** a des pétales doubles, a des pétales doubles, a des pétales doubles...
Lors de la **fécondation**, le pollen des étamines tombe sur le pistil : c'est la **pollinisation**.

La pollinisation peut être **directe ou croisée**. Elle est directe quand le pollen vient de la fleur où se trouve le pistil ; elle est croisée quand le pollen vient d'une autre fleur (il est alors transporté par le vent ou les abeilles).

Après la pollinisation, l'ovaire grossit et devient un **fruit** qui contient les ovules devenus des **graines**, alors la tulipe se dessèche et meurt.

Mort et résurrection de la tulipe

C'est seulement la partie visible de la plante qui meurt, parce que, heureusement, en dessous dans la terre, il y a un **jeune oignon** bien vivant qui pousse au milieu du **vieux bulbe** et qui donnera au printemps une **nouvelle tulipe**. **Merci l'oignon !**

Une tulipe à qui on a coupé son oignon ne peut plus refleurir, parce que son avenir, « elle l'a dans l'oignon ».

LA POMME DE TERRE

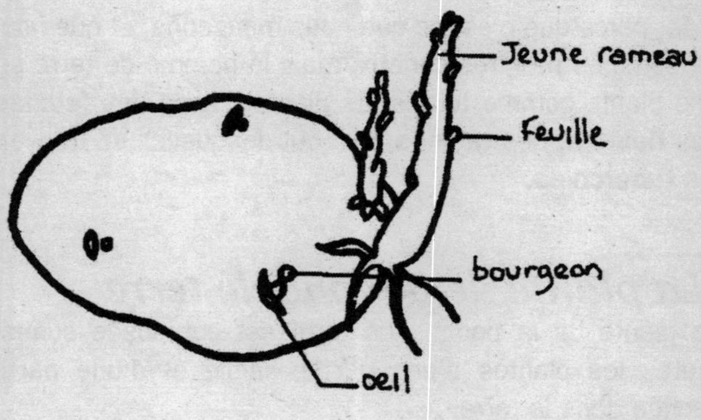

Je suis la mère de toutes les frites.

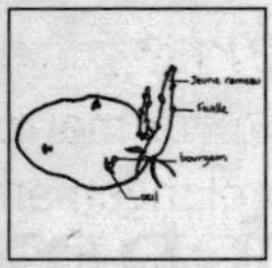

Regardons une pomme de terre dans les yeux.

La pomme de terre a une **bonne bouille** toute ronde avec **des yeux noirs**. Elle a droit à notre reconnaissance parce qu'elle est **la mère de toutes les frites**.
C'est **monsieur Parmentier** (Antoine Augustin et non pas Hachis) qui au XVIIIe siècle, au moment où tout le monde la snobait, l'a imposée en France.

On ne connaît souvent de la pomme de terre que le **tubercule**, parce que c'est ce que nous mangeons, et que nous ne sommes pas très curieux, mais la pomme de terre est une plante comme toutes les plantes, avec des **feuilles**, des **fleurs** et des **racines**, au bout desquelles se trouvent les **tubercules**.

La plante de pomme de terre

La plante de la pomme de terre est composée comme toutes les plantes d'une partie visible et d'une partie cachée dans la terre.

La partie visible

Elle est verte à cause de la chlorophylle, et mesure 50 centimètres environ. Elle comprend des tiges avec des feuilles et, l'été, des fleurs blanches.

La partie cachée dans la terre

Elle comprend des tiges souterraines de couleur marron avec des petites feuilles, puis, dans le prolongement, des racines fines et très étalées, les racines adventives **fasciculées**.

Les tiges souterraines se prolongent aussi par des rameaux souterrains au bout desquels on trouve le tubercule qu'on appelle la pomme de terre.

La fleur de pomme de terre

Elle est composée d'un **calice**, d'une **corolle**, d'**étamines** et d'un **pistil**.

Le calice est formé de **cinq sépales verts**. La corolle est formée de **cinq pétales blancs.**

Les étamines contiennent une **poussière jaune**, le **pollen**.

Le pistil contient l'ovaire et les ovules.

La fleur de la pomme de terre n'est pas là seulement pour faire joli, elle est l'appareil reproducteur de la plante.

Il se passe, dans la fleur, un peu ce qu'il se passe entre le mâle et la femelle.

L'étamine serait le mâle et le pollen ses spermatozoïdes.

Le pollen féconde l'ovule de la fleur, qui devient un fruit.

Il s'agit d'une **reproduction sexuée**.

Attention ! Le fruit qui apparaît n'est pas une pomme de terre, c'est une petite boule violette qui contient des graines et qui n'est pas comestible.

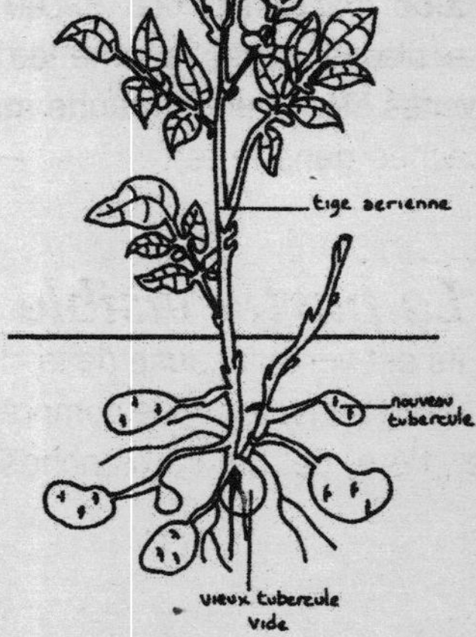

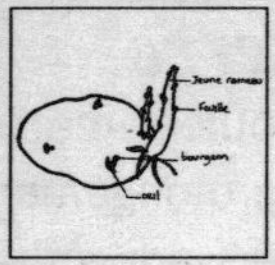

L'important se passe sous terre. C'est là que se développe la pomme de terre : le tubercule qu'on a planté développe des **germes**, les racines adventives deviennent plus abondantes, les rameaux apparaissent avec à leur extrémité les pommes de terre. Il s'agit d'une **reproduction asexuée**.

Les mœurs de la pomme de terre

La pomme de terre est taciturne. Ce n'est pas une mondaine. Habillée toute l'année d'une robe des champs, elle préfère rester sous terre ou à la cave.
On ne la voit jamais dans les cocktails.

Quelques races de pommes de terre

La belle-de-Fontenay, la bintje, la roseval, la ratte, la charlotte, la Mona Lisa, la Manon et la pomme de terre courante immatriculée BF 15.

La pomme de terre fait partie de la **famille des solanacées**. La tomate fait partie de la même famille. Elle est très copine avec la pomme de terre. Elles se baignent souvent l'été dans de grands saladiers remplis de vinaigrette.

HARICOT, MON COCO

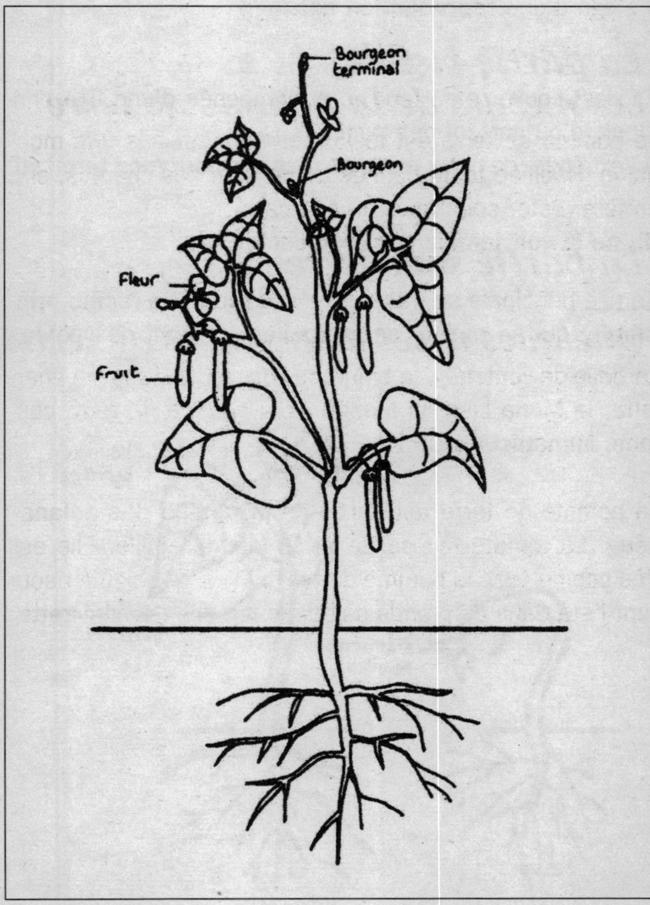

Le haricot est l'ami de l'homme. C'est une plante à fleurs, il a une partie visible et une partie sous la terre.

La partie visible

Elle est couverte de feuilles et composée d'une tige principale d'où partent des rameaux.
À l'extrémité de chaque tige se trouve le **bourgeon terminal.**

La partie sous terre

La tige principale se transforme sous terre en **racine principale**, qui se ramifie en **radicelles** (ce sont des petites racines).

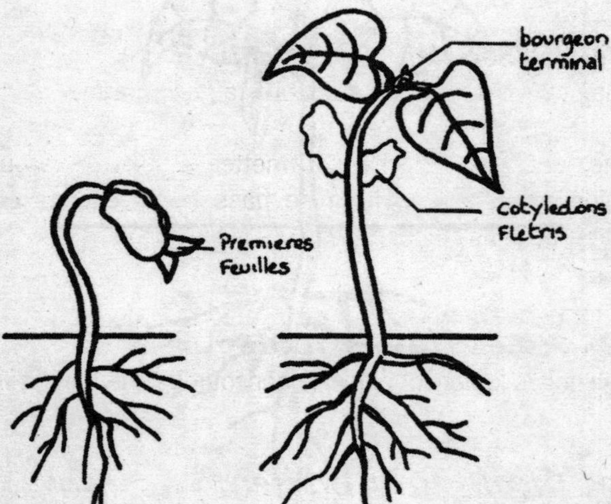

La fleur de haricot

Elle est composée de **cinq sépales**, qui forment le **calice**, et de **cinq pétales blancs** (pas blanches, pétale est du masculin), qui forment la **corolle**.

À l'intérieur de la corolle on trouve des **étamines** qui contiennent le **pollen** et le **pistil** (composé de l'ovaire, qui contient les ovules).

Le fruit

On l'appelle haricot vert, il est fin, souvent extra-fin, il contient des graines.

Comme l'homme, la plante du haricot naît, c'est la **germination**. Elle grandit, c'est la **croissance**. Elle atteint sa maturité, c'est la **fructification**. Elle meurt, et **c'est la fin des haricots**.

La naissance du haricot

La naissance du haricot s'appelle la **germination**.

Prenez une graine de haricot, mettez-la dans de la ouate humide et regardez : il va se passer des choses étonnantes, et sans trucage vidéo.

Les races de haricots

On distingue le haricot blanc, le haricot rouge, le haricot vert.

Les mœurs du haricot

Le haricot est sociable, il vit en bande, il est **l'ami de la saucisse**.

MON COCO

HARICOT

Les haricots se réunissent souvent **à l'occasion d'un cassoulet**.
Quand le haricot est adolescent, **il est mis en boîte,** comme le petit de l'homme.

La fin des haricots

La plante de haricot jaunit quelques mois après la germination, la tige se dessèche, la racine pourrit : la plante est morte. On dit que c'est une plante annuelle.

Peut-on pour autant dire que c'est la fin des haricots ?
Non, parce que les petits haricots qu'on a mis dans la terre au printemps vont donner une nouvelle plante, et c'est reparti pour un tour.

Composition réalisée par P.P.C.

Imprimé en France sur Presse Offset par

BRODARD & TAUPIN

GROUPE CPI

La Flèche (Sarthe).
N° d'imprimeur : 19217 – Dépôt légal Édit. 35811-09/2003
Édition 1
LIBRAIRIE GÉNÉRALE FRANÇAISE - 43, quai de Grenelle - 75015 Paris.

ISBN : 2 - 253 - 15526 - 8

31/5526/4